COLECCIÓN "CAMINO DE SANTIDAD"

Los Ecos de las Heridas

Y EL ENCUENTRO QUE SANA

VICTOR M. ROMERO C.

Este libro, titulado "LOS ECOS DE LAS HERIDAS – El Encuentro que Sana", está registrado ante la Oficina de Derechos de Autor de los Estados Unidos (U.S. Copyright Office) bajo el número de caso 1-15155629981.

Fecha de sumisión: 4 de Mayo de 2026.
Registro en trámite ante la U.S. Copyright Office.
Tipo de obra: Literaria.

Este libro forma parte de la colección "**Camino de Santidad**", dedicada a la formación espiritual, restauración del alma y discernimiento profético en los tiempos finales.

Toda similitud con personas, lugares o eventos reales ha sido tratada con respeto y propósito espiritual.
La obra ha sido consagrada como instrumento de luz, enseñanza y llamado pastoral.

ISBN: 979-8-9937568-8-2
Diseño de cubierta y edición: Victor Manuel Romero Celis
Impreso en los Estados Unidos de América

"Esta obra es una novela de ficción inspirada en relatos antiguos de dominio público. Los personajes, diálogos y escenas ampliadas son creación original del autor."

Para contacto, colaboraciones o acceso a contenido adicional, escanee el código QR en la contraportada.

Una Herida Escondida no Podrá Ser Sanada...

La Exposición de la Herida es Necesaria para Curarla por Completo...

Aunque Duela al Principio, Sus Beneficios serán Disfrutados al Final...

¡¡¡NO ESCONDAS MAS TUS HERIDAS!!!

...RECIBE LA SANIDAD DE TU ALMA

ÍNDICE GENERAL

INTRODUCCION

"LOS ECOS DE LAS HERIDAS – Y El Encuentro que Sana"

Esta obra es una novela… Una historia tejida entre lo real y lo imaginado, entre lo que ocurrió y lo que pudo haber ocurrido, entre los silencios de una mujer antigua y las voces de tantas mujeres de hoy. No se pretende reconstruir un pasado exacto, sino revelar un corazón humano que podría pertenecer a cualquiera de nosotros o de nosotras.

Aunque los personajes y escenas se mueven en el terreno de la ficción, las heridas que atraviesan estas páginas son profundamente reales: abandono, verguenza, invisibilidad, abuso emocional, silencios que pesan, cargas que se arrastran durante años.

Y también es real —tan real como el aire que respiramos— la posibilidad de un encuentro que lo cambia todo.

Este libro nace del deseo de mostrar cómo la Voz de Dios, cuando irrumpe en medio del desierto personal, puede sanar lo que parecía imposible de sanar. Cómo un solo encuentro puede enderezar un destino torcido, rescatar una dignidad perdida, y devolverle a una mujer —a cualquier mujer— el nombre que la vida le arrebató.

Aquí encontrarás letras que buscan tocar heridas antiguas, voces que acompañan, escenas que abrazan, y un Mensajero que sigue hablando en los lugares donde nadie más se atreve a entrar.

Esta historia no es solo de Agar, ni solo de Eliana. Es la historia de todas las mujeres que alguna vez caminaron con el alma rota y descubrieron que Dios no las había olvidado.

Si alguna vez cargaste un dolor por demasiado tiempo, si alguna vez huiste sin saber a dónde ir, si alguna vez sentiste que tu nombre se apagaba… este libro es para ti.

Porque todavía hay pozos en el desierto…

Todavía El Mensajero llama por el nombre…

Y todavía hay encuentros que restauran la dignidad.

Victor Manuel Romero Celis

Capítulo 1

"EL LIBRO"

Las Letras que la Invitaron a un Viaje

Nueva York siempre ha tenido un ruido propio. Un ruido que a veces no viene de la ciudad, sino de las heridas que uno carga sin saberlo.

Un ruido que no pide permiso. Un ruido que se impone. Un ruido que se mete en los huesos.

Esa tarde, el bullicio era más fuerte que de costumbre. Los taxis tocaban la bocina como si compitieran entre sí. Las sirenas cruzaban la avenida como flechas rojas y azules. Los vendedores ambulantes gritaban ofertas que nadie escuchaba. Los turistas caminaban con prisa sin saber a dónde iban.

Pero el ruido más fuerte no estaba afuera. Estaba adentro.

Eliana caminaba hacia su trabajo con la sensación de que cada paso era un recordatorio de algo que no quería pensar.

El ruido de la ciudad era un espejo del ruido de su alma: caótico, confuso, incómodo, incansable. Un ruido que no se apagaba ni con sueño, ni con trabajo, ni con silencio.

Un ruido que pedía ser escuchado.

Eliana entró al restaurante. El ruido cambió, pero no disminuyó.

Platos chocando. Cubiertos cayendo. Órdenes gritadas desde la cocina. Conversaciones superpuestas. Risas que no eran suyas. Música que nadie escuchaba realmente.

Ella se puso el delantal. Se recogió el cabello. Respiró hondo…

Y siguió.

Atendía mesas como quien repite un ritual aprendido. Sonreía sin sentir. Escuchaba sin oír. Caminaba sin estar.

Era una mujer presente en cuerpo, pero ausente en alma.

Y mientras tanto un viento recorría los edificios de new york.

Un viento autónomo, libre e independiente. Su roce con las estructuras producía un zumbido que anunciaban su presencia, y ese viento se desplazaba como buscando a una persona entre tantas… Como si llevara un mensaje antiguo, un eco que había cruzado siglos para encontrarla.

Hasta que él llegó.

Un hombre elegante. No elegante por su ropa, sino por su manera de ocupar el espacio. Tranquilo. Seguro. Silencioso. Como si el ruido de Nueva York no pudiera tocarlo.

Se sentó en una mesa junto a la ventana. Pidió café. Nada más.

Eliana lo atendió sin mirarlo demasiado. Había aprendido a no mirar a los hombres. A no darles espacio. A no abrir puertas.

Pero él la miró a ella. No con deseo. No con juicio. No con lástima. Sino con reconocimiento.

La miro con una mirada que no preguntaba, no invadía, no exigía. Solo veía.

Como si la hubiera estado buscando y al mismo tiempo esperando.

EL LIBRO

Cuando terminó su café, Eliana se acercó para retirar la taza. Y entonces él habló.

—Esto es para ti.

Dejó un libro sobre la mesa. Un libro sin envoltura. Sin explicación. Sin dedicatoria.

Solo un título: **LA MONTAÑA.**

El libro parecía viejo y nuevo al mismo tiempo, como si hubiera sido leído por muchos y esperado por ella.

En la portada, una fotografía del monte Sinaí, recortado contra un cielo que parecía arder.

Eliana lo miró sin entender.

—¿Por qué? —preguntó, casi sin voz.

El hombre sonrió. Una sonrisa tranquila, como quien sabe algo que aún no puede decir.

—Porque lo vas a necesitar.

Y se fue.

No dejó propina. No dejó tarjeta. No dejó nombre.

Solo dejó el libro.

Eliana lo tomó con manos temblorosas. No sabía por qué, pero sintió que ese objeto tenía peso. No peso físico. Peso en el alma.

Esa noche, en su pequeño apartamento, abrió el libro.

Y mientras leía, algo dentro de ella comenzó a moverse.

No era emoción. No era curiosidad. Era un eco. Un eco que no venía del libro, sino de un lugar más profundo.

EL LIBRO

Un deseo antiguo. Un llamado sin palabras. Una necesidad que no sabía que tenía.

Cuando terminó la última página, cerró el libro con un suspiro que no supo explicar.

Y supo —sin saber cómo— que tenía que ir allí.

A esa montaña. A ese desierto. A ese lugar donde, según el libro, Dios había hablado.

No buscaba religión. No buscaba milagros. No buscaba respuestas.

Buscaba aire. Buscaba sentido. Buscaba un lugar donde su alma pudiera descansar.

Y así comenzó su viaje.

No hacia Egipto. No hacia el Sinaí. No hacia un destino geográfico.

Sino hacia el lugar donde su herida sería vista. Hacia el lugar donde su nombre sería pronunciado. Hacia el lugar donde su historia se encontraría con otra historia enterrada bajo siglos de arena.

Eliana no lo sabía aún…

…Pero ese libro había cambiado su destino.

Porque algunos destinos no comienzan con decisiones… comienzan con llamados.

EL DECISORIO SILENCIOSO

Durante los días que siguieron, Eliana llevó el libro en su bolso como quien carga un objeto que no sabe si es un recuerdo, una señal o un peso.

Lo abría en el metro. Lo abría en su descanso. Lo abría antes de dormir. No para leerlo otra vez, sino para asegurarse de que seguía allí.

Había algo en esas páginas que no la dejaba en paz. No era culpa. No era miedo. Era otra cosa. Un tirón suave, como si una mano invisible la estuviera guiando hacia un lugar que aún no conocía.

Durante años, Eliana había intentado sanar sus heridas por su cuenta. Heridas que venían de la ausencia de un padre y el mal carácter de una madre. Heridas de relaciones amorosas infructuosas. Heridas que la hacían sentir menospreciada, pisoteada y como si fuera un objeto para usarse.

Heridas que gritaban la necesidad de ser amada, ser escuchada y ser valorada… y todas esas heridas estaban escondida debajo de la apariencia de una mujer fuerte y valiente.

Ella había buscado alivio en clases de yoga, en meditaciones guiadas, en retiros espirituales, en terapias psicológicas, en grupos religiosos que prometían paz inmediata.

Probó técnicas de respiración, libros de autoayuda, consejería, rituales, silencios, mantras.

Pero nada había tocado lo que realmente dolía. Nada había llegado al fondo. Nada había logrado apagar ese ruido interno que la perseguía incluso en sus mejores días.

Su alma estaba cansada.

Su cuerpo estaba tenso, a la defensiva, como quien teme volver a ser herido.

Y su mente desconfiaba de todo lo que sonara a esperanza.

Pero su espíritu… su espíritu reaccionó distinto.

Mientras leía La Montaña, algo dentro de ella se encendió.

No era emoción.

No era ilusión.

Era reconocimiento.

Como si su espíritu hubiera entendido un mensaje que su alma rota aún no podía descifrar.

Y por primera vez en mucho tiempo, sintió que no estaba frente a una técnica, ni a un método, ni a una promesa vacía.

Sintió que estaba frente a una oportunidad. Una oportunidad que no se repetía. Una puerta que no se abría dos veces.

Una invitación que venía de un lugar más alto que cualquier terapia, más profundo que cualquier meditación, más antiguo que cualquier religión.

Y esa mezcla de intuición, necesidad y destino produjo un impulso que no nació de su mente ni de su cuerpo, sino de su espíritu.

Un impulso silencioso, pero firme. Un impulso que tomó el control de todo su ser.

Sin ceremonias…

Sin lógica…

Sin garantías…

Solo obediencia a algo que la llamaba desde adentro.

Y una noche, mientras escuchaba el ruido de la ciudad filtrarse por la ventana de su apartamento, Eliana se dio cuenta de que ya había tomado una decisión. No la dijo en voz alta. No la escribió en ningún lado. No la compartió con nadie.

Simplemente supo.

Supo que tenía que ir. Supo que tenía que ver esa montaña. Supo que tenía que caminar ese desierto. Supo que tenía que buscar al Dios que ese libro describía con una cercanía que ella nunca había sentido.

Y así, bajo esa certeza inexplicable, decidió viajar.

Decidió comprar el boleto. Y así, sin ceremonias, sin despedidas, sin explicaciones, compró un boleto.

Un vuelo desde Nueva York hacia El Cairo.

Decidió ir hacia un lugar que no conocía, movida por una voz que no había escuchado, pero que su espíritu reconoció al instante.

Eliana no sabía que ese viaje no la llevaría a una montaña, sino a un encuentro.

No sabía que el desierto la estaba esperando. No sabía que su nombre sería pronunciado. No sabía que su herida sería vista.

Solo sabía que tenía que ir.

Y así, días después, caminaba por el aeropuerto J. F. Kennedy en New York con el libro en la mochila, como quien lleva un mapa que aún no sabe leer.

EL VUELO

No fue el ruido del aeropuerto lo que la agotó. Ni las filas interminables. Ni el peso de la maleta que arrastraba como si llevara dentro todos los años que quería olvidar.

Fue el silencio.

Ese silencio que se instala en el pecho cuando una mujer ha sido herida demasiadas veces y ya no sabe si está huyendo, o simplemente caminando para no quedarse en el mismo lugar.

Eliana no miraba a nadie. No buscaba nada. No esperaba nada.

Solo avanzaba.

El anuncio del vuelo a El Cairo sonó por los altavoces, y ella levantó la vista como quien obedece a una orden antigua, una orden que no entiende, pero que siente.

No era un viaje turístico. Aunque eso fue lo que dijo cuando pidió vacaciones. Aunque eso fue lo que escribió en el formulario. Aunque eso fue lo que le dijo a su madre, que no preguntó nada más.

Era un viaje de fuga. De cansancio. De saturación. De una vida que se había vuelto demasiado estrecha para su alma.

Eliana entregó su pasaporte. El agente la miró apenas un segundo, lo suficiente para confirmar que su nombre estaba allí, que su foto coincidía, que su existencia era válida en un sistema.

Pero no la vio.

Nadie la veía.

Y por eso estaba tomando ese vuelo.

Cuando caminó por el túnel hacia el avión, sintió que cada paso la alejaba de algo que no sabía nombrar. Un dolor. Un hombre. Una familia. Una historia que la había tratado como si fuera prescindible, un objeto roto reemplazable.

Se sentó junto a la ventana. Cerró los ojos. Respiró hondo.

El avión despegó. Y mientras la ciudad se hacía pequeña bajo las nubes, Eliana sintió —por primera vez en mucho tiempo— que tal vez, solo tal vez, estaba yendo hacia un lugar donde el dolor no la alcanzaría.

No sabía que ese lugar no estaba en Egipto. Ni en Santa Catalina. Ni en el desierto.

Ese lugar estaba enterrado bajo siglos de arena. Esperando por ella. Esperando por sus manos. Esperando por su herida.

Esperando por su nombre.

EL AEROPUERTO DE EL CAIRO

Eliana no durmió durante el vuelo. No porque no pudiera, sino porque no quería cerrar los ojos. Cuando uno ha sido herido demasiadas veces, cerrar los ojos se siente como un riesgo.

Miró por la ventana mientras el avión descendía. El desierto apareció primero como un rumor dorado, luego como una inmensidad que parecía no terminar nunca. Una tierra antigua, una tierra que no pedía permiso para existir.

Cuando el avión tocó tierra, Eliana sintió un pequeño temblor en el pecho. No era miedo. Era algo más profundo. Como si una parte de ella supiera que este viaje no era un escape, sino un encuentro.

El aeropuerto de El Cairo la recibió con un calor seco y un murmullo de voces en idiomas que no entendía. La gente caminaba rápido, como si todos supieran exactamente hacia dónde iban.

Ella no.

Eliana avanzó con su mochila al hombro, sintiendo que cada paso la hacía más extranjera. Más pequeña. Más sola.

Pero también más ligera.

Había dejado atrás una vida que la había tratado como si fuera invisible. Aquí, en esta tierra desconocida, nadie sabía quién era. Nadie sabía lo que había vivido. Nadie sabía lo que había perdido.

Y por un instante, eso fue un alivio.

EL CAMINO A SANTA CATALINA

Eliana salió del aeropuerto de El Cairo con el libro en la mochila, como si llevara un corazón prestado que aún no sabía usar.

El calor la envolvió de inmediato. Un calor seco, antiguo, como si el aire hubiera sido guardado en vasijas de barro durante siglos y recién ahora las hubieran destapado.

Tomó un taxi hacia la estación de autobuses. El conductor hablaba rápido, mezclando árabe con inglés, con una alegría que contrastaba con el silencio interior de Eliana.

Ella miraba por la ventana. La ciudad era un caos hermoso: mercados improvisados, niños corriendo, mujeres con pañuelos de colores, hombres fumando en las esquinas, autos que parecían moverse por intuición más que por reglas.

Todo era ruido. Todo era vida. Todo era demasiado.

Y sin embargo, por primera vez en mucho tiempo, Eliana sintió que no estaba huyendo. Estaba llegando.

El autobús hacia Santa Catalina salió antes del mediodía, cuando el sol ya comenzaba a caer vertical sobre la ciudad. Eliana se sentó junto a la ventana, como si necesitara ver cada kilómetro que la separaba de su pasado.

El desierto apareció rápido, como si hubiera estado esperando detrás de la última calle. Una extensión inmensa, dorada, silenciosa, que parecía respirar con un ritmo propio. Y al fondo se veía el mar rojo resplandeciendo con una luz que su alma tanto deseaba.

Eliana apoyó la frente en el vidrio caliente. El movimiento del autobús era casi hipnótico, como si la estuviera meciendo hacia un sueño que no se atrevía a tener.

El libro estaba en su regazo. Lo abrió sin leerlo, solo para sentirlo. Para recordar que ese objeto había sido el inicio de todo.

La carretera serpenteaba entre montañas rojizas, afiladas, antiguas, como si hubieran sido talladas por manos invisibles. El cielo estaba despejado, sin una sola nube, como si el día quisiera mostrarlo todo sin esconder nada.

Eliana respiró hondo. Sintió algo que no había sentido en años:

expectativa.

No sabía qué buscaba. No sabía qué encontraría. No sabía qué la esperaba.

Pero por primera vez, no tenía miedo.

El desierto la estaba llamando. Y ella estaba respondiendo.

EL ACCIDENTE

El autobús avanzaba por la carretera del Sinaí como si deslizara sobre una serpiente de asfalto que se perdía entre montañas rojizas. El sol del mediodía caía vertical, afilado, sin sombras donde esconderse.

Eliana llevaba más de una hora mirando el desierto. Ese paisaje inmenso tenía algo hipnótico, como si cada duna guardara un secreto y cada montaña fuera un guardián silencioso.

Y a lo lejos logro ver un ave. Un ave que se desplazaba sobre el aire, dominando las fuerzas del viento. Un ave que resplandecía con la luz del sol.

Y a medida que el bus avanzaba, aquella ave se acercaba. Volaba como persiguiendo al bus, como si fuera a encontrarse con el bus y como si fuera un viejo amigo, por un momento pensé que impactaría contra el bus, pero no, paso y no la vi mas.

El conductor hablaba con otro pasajero en árabe, riendo de algo que Eliana no entendía. El motor vibraba con un ritmo constante, casi tranquilizador.

Hasta que dejó de hacerlo.

Primero fue un sonido extraño, un golpe seco, como si algo hubiera reventado bajo el autobús. Luego un tirón brusco hacia la derecha. Eliana se aferró al asiento. El conductor gritó algo que nadie alcanzó a comprender.

El autobús comenzó a temblar. No como un vehículo que pierde el control, sino como un animal herido que intenta mantenerse en pie.

Eliana sintió el corazón subirle a la garganta. El desierto se movía afuera, rápido, demasiado rápido.

El conductor luchó con el volante. El autobús derrapó sobre la grava. Un chirrido metálico llenó el aire.

Y entonces, todo se detuvo.

No hubo explosión. No hubo volcadura. No hubo gritos.

Solo un silencio seco, cortante, como si el desierto hubiera absorbido el sonido.

Eliana abrió los ojos. El autobús estaba inclinado, con una llanta hundida en la arena. El motor humeaba. Los pasajeros murmuraban, confundidos, pero ilesos.

El conductor salió primero, malhumorado, sacudiendo la cabeza. Miró la llanta destrozada y luego la carretera vacía.

—No pasa nadie por aquí —dijo en inglés torpe—. Tienen que esperar.

Eliana bajó del autobús. El calor la envolvió como un abrazo áspero. El sol golpeaba la arena, que brillaba como si estuviera hecha de vidrio molido.

No había sombra. No había viento. No había nada.

Solo desierto.

Los demás pasajeros se quedaron cerca del autobús, buscando señal en sus teléfonos, que no encontraban nada más que silencio.

Eliana se alejó unos pasos. No sabía por qué. No sabía para qué.

Solo sintió que tenía que caminar.

El desierto la llamaba. No con palabras. No con voces. Con una sensación profunda, como si algo bajo la arena respirara.

EL LIBRO

Caminó unos metros más. El sol le quemaba la nuca. El aire era tan seco que parecía cortar.

Y entonces, sin pensarlo, sin entenderlo, sin planearlo, comenzó a cavar.

No con desesperación. No con violencia. No con intención de morir.

Con una mezcla extraña de cansancio y entrega, como quien abre un hueco para dejar allí algo que ya no puede cargar.

La arena estaba caliente, suave, liviana. Se deslizaba entre sus dedos como polvo antiguo.

Cavó más. Y más. Y más.

Hasta que sus manos tocaron algo que no era arena. Algo duro. Algo frío. Algo que no pertenecía al desierto.

Eliana se detuvo. El corazón le latía en los oídos. Retiró la arena con cuidado.

Y allí estaba.

Un cilindro de barro sellado. Antiguo. Agrietado. Cubierto por siglos de silencio.

Un pergamino. Un libro enterrado en la tierra. Un mensaje esperando por ella.

Eliana lo sostuvo entre sus manos temblorosas. El sol iluminaba el objeto como si lo hubiera estado guardando para ese momento exacto.

Y sin saberlo, sin entenderlo, sin imaginarlo siquiera, había encontrado la historia que cambiaría su vida.

La historia de una mujer que, como ella, había sido vista en su aflicción.

EL PERGAMINO SE ABRE

Eliana sostuvo el cilindro de barro entre sus manos como si temiera que se deshiciera con el tacto. El sello estaba agrietado, pero aún firme, como si hubiera esperado siglos solo para abrirse en ese instante.

Con cuidado, lo rompió.

Un olor antiguo salió de dentro, una mezcla de polvo, aceite y tiempo. Eliana sintió un escalofrío recorrerle los brazos. No era miedo. Era reconocimiento. Como si algo en su interior supiera que ese objeto no era extraño, sino familiar.

Sacó el pergamino.

La textura era áspera, pero cálida. La tinta, oscura, aún viva. Las letras parecían respirar, como si no hubieran sido escritas, sino pronunciadas.

Eliana lo desenrolló un poco más. El sol del desierto iluminó la primera línea. Y una brisa fresca acaricio su rostro.

La leyó en silencio.

Y entonces, sin que ella lo notara, sin que ella lo sintiera, la voz que hablaba ya no era la suya.

Era otra.

Una voz antigua. Una voz cansada. Una voz sabia. Una voz que había esperado siglos para ser escuchada.

EL LIBRO

El desierto estaba quieto aquella tarde, como si hubiese decidido descansar con ella. Entonces, una historia enterrada comenzó a hablar.

Capítulo 2

"EL PERGAMINO"

El Escrito del Mensajero para una Mujer

El escrito comenzaba diciendo así…

El desierto estaba quieto aquella tarde, como si hubiese decidido descansar abrazando el tiempo en su plenitud.

La luz del sol no hería ni ardía; simplemente reposaba sobre la arena, extendiéndose en un brillo suave que no exigía nada. Era una luz madura, como la de un anciano que ya no necesita demostrar fuerza.

El viento caminaba despacio entre las tiendas extendidas sobre la llanura, moviendo apenas las telas gruesas que formaban el campamento. A su alrededor, algunas palmeras altas se mecían con un ritmo lento, como si también estuvieran respirando.

Un aroma tenue a dátiles secos y leche tibia flotaba en el aire, mezclándose con el murmullo suave del agua que caía dentro del pozo cercano.

Aquel lugar, perdido en algún punto del norte de la península arábiga, era un refugio.

Un pequeño oasis levantado por manos nómadas, sostenido por la paciencia del desierto y la fidelidad del agua.

Los camellos descansaban cerca de las sombras, rumiando con calma, como si conocieran el secreto de la quietud eterna.

Todo estaba en paz.

EL PERGAMINO

A lo lejos, los muchachos —doce jóvenes altos, ágiles, de mirada firme— se movían alrededor del campamento como si fueran parte del paisaje. No corrían. No gritaban. Solo existían, seguros, fuertes, confiados, como si hubieran nacido sabiendo que el mundo les pertenecía.

Había en ellos una forma de caminar que anunciaba destino, como si cada uno llevara en los hombros el germen de una tienda futura, de un pueblo aún sin nombre. Entre ellos, un hombre de presencia imponente observaba en silencio.

Ismael.

Su sombra era larga, pero su mirada era tranquila.

Había aprendido a proteger sin violencia, a vigilar sin miedo, a sostener sin cargar.

Su vida había sido dura, pero su corazón ya no lo era.

Y en el centro de todo, como el tronco de un árbol que ha sobrevivido a todas las estaciones, estaba ella.

Agar.

Sentada bajo la sombra amplia de un tamarisco, con las manos descansando sobre su regazo y los ojos perdidos en un horizonte que solo ella podía ver. Su rostro tenía arrugas, sí, pero eran arrugas de historia, no de dolor. Arrugas de quien ha llorado, pero también de quien ha reído. Arrugas de quien ha sido herida, pero también de quien ha sido sanada.

Había abundancia en el campamento.

Carne colgando para secar.

Odres llenos.

Cestos de dátiles.

Risas jóvenes.

Silencios viejos.

Todo en equilibrio.

Todo en armonía.

Todo en ese punto exacto donde la vida ya no pesa, sino que se agradece.

Agar respiró hondo.

El aire del desierto entró en su pecho como si fuera un viejo amigo.

No había prisa en su respiración. No había sombra en su alma.

Solo gratitud.

Solo descanso.

Solo la certeza tranquila de quien un día recibió una semilla… y ahora descansa bajo la sombra del árbol que nació de ella.

Fue entonces cuando lo vio.

El pozo.

LA GRIETA DE SU VIEJO AMIGO

El mismo pozo que había acompañado a su familia durante años.

El mismo pozo que había sostenido la vida de sus hijos y los hijos de sus hijos.

El mismo pozo que había sido testigo de noches largas y mañanas nuevas.

El mismo pozo que había visto antes.

Pero esa tarde, algo distinto llamó su atención.

Una grieta. Pequeña. Delgada. Apenas visible.

Pero allí.

Una línea oscura en la piedra.

Una herida en el borde.

Una fisura que no estaba ayer.

Agar se incorporó lentamente y caminó hacia el pozo.

Cuando apoyó su mano sobre la piedra tibia, no lo hizo con prisa ni con preocupación…

Lo hizo con amor.

La piedra estaba tibia, pero en el fondo del pozo se escuchaba un eco suave, como un suspiro antiguo que subía desde el agua.

El sol caía en un ángulo que dejaba un reflejo dorado sobre la superficie, como si el pozo guardara luz en su interior.

Sus dedos recorrieron la grieta con la misma ternura con la que una madre toca el rostro de un hijo dormido.

Era un toque suave, íntimo, casi reverente.

Como si el pozo fuera alguien.

Como si respirara.

Como si guardara un secreto antiguo que solo ella podía entender.

Y mientras sus dedos seguían la línea de la grieta, algo fluyó dentro de ella.

No dolor.

No nostalgia amarga.

Sino una mezcla de ternura, comprensión, cuidado, sustento, afecto… amor.

Cada roce con sus desde desprendía una lágrima en su rostro. Pero no era una lágrima de sufrimiento. Era una lágrima contemplativa. Una lágrima que nacía del amor profundo hacia aquello que un día la sostuvo cuando nadie más lo hizo.

El pozo… La grieta.

Su mano… Su lágrima.

Y allí, en ese instante suspendido entre la luz y la sombra, entre el presente y el pasado… Agar comenzó a recordar su historia.

AGAR HABLA AL POZO

Pozo mío…

…cuántas veces te he tocado así, con esta misma ternura que hoy vuelve a nacer en mis manos.

Tu piedra está tibia, como si guardaras el calor de todas las vidas que has sostenido.

EL PERGAMINO

Y mientras recorro esta grieta con mis dedos, siento que toco algo más que piedra… siento que toco memoria.

Esta grieta… esta pequeña herida que el tiempo ha abierto en tu borde… me habla de mi propio tiempo.

Así como tú comienzas a quebrarte por los años, yo también siento que mis días se inclinan hacia su ocaso.

Mi tiempo de partir se acerca, y antes de irme… quiero contarte algo que nunca te conté.

Porque cuando te conocí por primera vez, yo estaba destrozada.

Rota.

Llena de grietas que no sabía cómo nombrar.

Tú fuiste testigo de mis lágrimas, de mi miedo, de mi soledad. Pero nunca me atreví a contarte toda mi historia.

No tenía palabras…

No tenía fuerzas…

No tenía voz…

Pero, hoy sí.

Hoy puedo hablarte sin temblar.

Hoy puedo tocarte sin romperme.

Hoy puedo mirarte sin caer en aquel abismo que un día me tragó.

Y quiero contarte mi historia… no desde la tristeza, sino desde esta contemplación que nace cuando uno entiende que un encuentro puede transformar cualquier destino.

Porque eso fue lo que me ocurrió.

Un encuentro…

Un encuentro puede sanar heridas que parecían eternas.

Un encuentro puede aliviar un dolor que parecía no tener nombre.

Un encuentro puede encender esperanza donde solo había polvo.

Un encuentro puede enseñarte a vivir, a soñar, a esforzarte, a levantarte, a creer que lo imposible puede suceder…

El Mensajero un día me lo dijo…

Me habló de un futuro que yo no podía imaginar.

Me habló de un hijo que sería fuerte.

Me habló de una nación que nacería de mis entrañas.

Me habló de vida cuando yo solo veía muerte.

Y hoy…

…desde ese futuro que es este presente, desde esta abundancia que un día fue promesa, desde esta paz que un día fue desierto… quiero contártelo todo.

Capítulo 3

"LA NIÑA"

Los Huecos en mi Alma que me Aturdían

Antes de contarte lo que viví en esta tierra, pozo mío... antes de hablarte de Abraham, de Sara, del desierto y del Mensajero... quiero llevarte más atrás.

A un tiempo que no recuerdo, pero que me pertenece. A un tiempo que me fue contado, pero que marcó mi alma antes de que yo supiera que tenía una.

Yo nací lejos de aquí.

Muy lejos.

Más allá del gran río, en tierras que mis pies no volvieron a tocar.

Mis padres no eran egipcios...

Eran extranjeros, como yo.

Eran caminantes, como yo.

Eran almas sin tierra, como yo lo fui durante tantos años.

Mi padre... no tengo un solo recuerdo de él.

Ni su voz.

Ni su rostro.

Ni su olor.

LA NIÑA

Nada…Solo un hueco.

Un hueco tan grande que, aun de anciana, todavía lo siento abrirse dentro de mí cuando pronuncio su nombre.

Ese vacío fue mi cuna. Mi herencia. Mi primera herida.

Solo tengo las palabras que mi madre repetía cuando la tristeza la vencía.

Me decía que él soñaba conmigo antes de que yo naciera.

Que hablaba de mí como si ya me hubiera visto.

Que decía que sería grande, fuerte, importante, como una reina entre los pueblos.

Mi madre se burlaba de él.

Le decía que dejara de hablar tonterías, que la vida no regalaba grandeza a los pobres, que los sueños no alimentaban a nadie.

Pero él insistía.

Insistía con una fe que ahora entiendo… una fe que no era suya, sino del Dios que me vio junto al pozo.

Mi padre murió cuando yo aún no sabía caminar.

Murió en una invasión, en una de esas guerras entre reyes que destruyen hogares sin preguntar nombres.

Mi madre huyó conmigo en brazos, corriendo entre el humo, entre los gritos, entre la sangre que yo no recuerdo, pero que ella nunca pudo olvidar.

Por eso me llamó Agar. “Huida”, “extranjera”, “fugitiva”.

Ese fue mi nombre antes de saber hablar.

Ese fue mi destino antes de saber vivir.

LA NIÑA

Crecí con un vacío tan grande como el sueño que mi padre tuvo para mí.

Un vacío que no sabía nombrar, pero que sentía en el pecho, como una grieta que se abre antes de que la vida comience.

Mi madre… ella también tenía su grieta. Una grieta hecha de dolor, de amargura, de preguntas sin respuesta.

Se quejaba del destino, de los dioses, de la suerte, de la vida.

Yo la escuchaba en silencio…

Siempre en silencio.

Desde pequeña aprendí a callar.

A tragar.

A observar.

A sentir sin decir.

A sufrir sin ruido.

A existir sin ocupar espacio.

Porque cuando una niña crece con un hueco tan grande… aprende a hacerse pequeña para que no se note.

LA INFANCIA EN EGIPTO

Cuando llegamos a Egipto, yo era apenas una niña.

No entendía el idioma, no conocía los caminos, no sabía nada del mundo.

LA NIÑA

Solo sabía que mi madre lloraba por las noches, y que yo no tenía un padre que me abrazara cuando el miedo me despertaba.

Egipto era un lugar extraño para mí. Había tanto movimiento… tanta vida… tanto ruido… tanta grandeza mezclada con miseria.

Veía hombres con túnicas sencillas, pero también veía otros que parecían dioses: sus ojos pintados, sus cuellos cubiertos de oro, sus pasos firmes como si la tierra misma les perteneciera.

Crecí viendo casas pequeñas como la nuestra, y palacios tan grandes que parecían tocar el cielo.

Y aunque yo vivía en una casa humilde, mi corazón siempre se elevaba hacia los palacios. No porque los deseara… sino porque era lo único que me recordaba a mi padre.

Mi madre me decía que él soñaba con verme grande, fuerte, importante.

Que hablaba de mí como si fuera una reina.

Y aunque yo no tenía ningún recuerdo de él, aunque no podía imaginar su rostro, ni su voz, ni su abrazo… me aferré a su sueño.

Ese sueño fue lo único que tuve de él. Lo único que me pertenecía. Lo único que podía sostenerme cuando la vida me dolía demasiado.

Porque cuando veía a otras familias —un padre, una madre, hijos riendo— algo dentro de mí se rompía.

Yo no tenía eso.

Nunca lo tuve.

La ausencia de mi padre era un hueco inmenso, un vacío tan grande como el sueño que él tuvo para mí.

Y mi madre… mi madre no podía llenar ese vacío.

Ella misma estaba rota. La pérdida la había vuelto amarga, triste, desconfiada del destino.

Se quejaba de todo, de todos, de la vida misma.

Y yo… yo aprendí a callar.

Desde pequeña aprendí a tragar mis lágrimas, a esconder mis preguntas, a guardar mis miedos.

Aprendí a observar en silencio, a sentir sin hablar, a sufrir sin ruido.

Pero también aprendí a brillar.

No por la realidad de mi vida, sino por la belleza del sueño de mi padre.

Ese sueño se convirtió en mi refugio, en mi abrigo, en mi fuerza. Y mientras más me aferraba a él, más comenzaba a cambiar algo dentro de mí.

Mi rostro empezó a iluminarse.

Mi mirada se volvió firme.

Mi piel morena brillaba bajo el sol.

Mis ojos claros llamaban la atención sin que yo lo buscara.

Mi cabello liso danzaba con el viento como si tuviera vida propia.

Era una mezcla extraña: gracia cubriendo desgracia, luz naciendo de la grieta, belleza brotando del dolor.

Y esa luz… esa luz que no era mía, sino del sueño que mi padre dejó en mí… comenzó a atraer miradas.

Los capitanes del faraón me vieron. Me observaron en silencio. Y un día, sin aviso, fui reclutada para servir en los palacios.

Pero esa… esa es otra historia.

LA ALEGRÍA DE SER ELEGIDA

El día que anunciaron que algunas jóvenes serían reclutadas para servir en los palacios del faraón, mi corazón casi se salió de mi pecho.

No todas eran elegidas.

No todas tenían esa oportunidad.

Y cuando escuché mi nombre, sentí que el sueño de mi padre respiraba dentro de mí.

Corrí a casa con una alegría que no cabía en mis pasos.

Mi madre estaba moliendo grano, como siempre, con ese gesto cansado que nunca la abandonaba.

Yo entré casi sin aliento.

—¡Madre! —le dije—. ¡Madre, me han elegido!

Ella levantó la vista, sorprendida y me pregunto:

—¿Elegida para qué?

Yo le respondí llena de entusiasmo y alegría: —Para servir en los palacios… ¡en los palacios del faraón!

Mi voz temblaba, pero no de miedo.

Temblaba de esperanza.

LA NIÑA

—Madre… —le dije con una sonrisa que me nacía desde el alma—.

Mi padre tenía razón…

Al instante ella dejó caer la piedra del molino.

El sonido fue seco, duro, como un golpe contra el suelo.

Me miró con una mezcla de rabia y tristeza, y me pregunto:

—¿Qué dices, Agar?

Yo le dije con una voz suave: —Él lo sabía, madre…

Él sabía que yo sería importante.

¿Cómo lo supo?

¿Cómo pudo verlo?

Mi madre cerró los ojos.

Su respiración se volvió pesada.

Y entonces, con una voz quebrada, me contó algo que nunca antes había dicho.

—Tu padre… —susurró—.

Un día dijo que se encontró con un hombre extraño. Un hombre que no parecía de este mundo.

Le llamaban "el Mensajero".

Y ese hombre le dijo que tendría una hija… una hija que sería grande, importante, destinada a algo que él no podía comprender.

Sus palabras se rompieron…

Sus ojos se llenaron de lágrimas…

Y de pronto, como si el dolor la atravesara, gritó:

—¡Tu padre estaba loco, Agar!

¡Loco!

Hablaba cosas sin sentido.

Y ahora tú…tú también estás empezando a hablar igual que él.

¿De dónde sacas tanta locura?

¿De dónde sacas tanta ilusión?

Sus palabras eran duras. Eran como piedras lanzadas contra mi pecho. Pero no me hirieron. No ese día.

Porque mientras ella hablaba, yo doblaba cuidadosamente mi ropa. La poca que tenía. La acomodaba con una alegría que no podía esconder.

Mi corazón estaba lleno.

Lleno de luz.

Lleno de futuro.

Lleno del sueño de mi padre.

Yo no veía locura… Yo veía destino.

Mientras mi madre lloraba por lo que había perdido, yo sonreía por lo que estaba por venir.

Porque por primera vez en mi vida… me visualicé grande. Me visualicé importante. Me visualicé caminando entre columnas de mármol, entre lámparas de oro, entre voces que hablaban lenguas que yo aún no conocía.

Mi corazón joven latía con fuerza.

Con esa fuerza que solo tienen los que sueñan sin miedo. Con esa energía que solo nace cuando la esperanza es más grande que la herida.

Y así, con mis pocas pertenencias envueltas en un manto, con el sueño de mi padre ardiendo en mi pecho, y con la mirada de mi madre perdida entre lágrimas…

me preparé para entrar en los palacios del faraón.

Capítulo 4

"EL PALACIO"

Cuando crucé por primera vez las puertas del palacio, sentí que mis pies no tocaban el suelo.

Todo era más grande de lo que mi imaginación había podido soñar.

Columnas inmensas, paredes pintadas con colores que nunca había visto, estatuas que parecían vivas, y un silencio solemne que hacía que cada paso resonara como si fuera importante.

Yo estaba llena de expectativas.

Llena de energía.

Llena de esa alegría intensa que solo tienen los jóvenes que creen que el destino los está llamando por su nombre.

Pero lo primero que hicieron fue quitarme todo.

Mi ropa.

Mi manto.

Mi pequeño equipaje.

Mis telas gastadas.

Mis sandalias viejas.

Todo lo que había sido mío… todo lo que había sido mi vida… lo arrojaron sin mirarme dos veces.

—Aquí no usarás nada de eso —me dijeron.

Y entonces me llevaron a una sala de purificación. Nunca olvidaré ese momento.

Me quedé inmóvil cuando vi a las mujeres que se acercaban a mí. No estaba acostumbrada a que alguien viera mi desnudez.

Mi cuerpo siempre había sido mío, cubierto, protegido, escondido.

Pero ellas no me miraban con juicio.

Me miraban como si yo fuera una vasija que debía ser limpiada, como si mi piel fuera arcilla que debía ser preparada para un nuevo propósito.

Me bañaron.

Me lavaron el cabello.

Me sumergieron en aguas tibias llenas de flores aromáticas.

El agua hacía un sonido suave al caer sobre la piedra, como un murmullo antiguo. Las flores liberaban un aroma dulce y espeso, y mis dedos se deslizaban sobre aceites que dejaban mi piel tan suave que parecía no ser mía.

Pasé horas allí, en remojo, y por primera vez descubrí que existían otros olores además del sol y la tierra.

Mi fragancia cambió. Mi piel cambió. Mi respiración cambió.

Ya no olía a desierto. Ya no olía a huida. Ya no olía a pobreza.

Olía a flores dulces, a aceites perfumados, a algo que nunca había conocido.

Luego me vistieron con telas que mis dedos no podían comprender.

Eran suaves, ligeras, casi vivas.

Pasé horas tocándolas, oliéndolas, sintiendo cómo se deslizaban sobre mi piel como si fueran agua.

Me enseñaron a caminar.

A sentarme.

A estar de pie.

A inclinarme.

A danzar.

A hablar con suavidad.

A mirar sin bajar los ojos.

A mover mis manos como si fueran parte de una música que yo aún no escuchaba.

Me estaban esculpiendo.

Moldeando.

Transformando.

Y yo era feliz… Feliz porque cada gesto, cada perfume, cada tela, cada instrucción…me decía que el sueño de mi padre era real.

Él lo había visto.

Él lo había dicho.

Él lo había creído.

Y yo… yo estaba viviendo lo que él soñó.

La comida también cambió. Yo estaba acostumbrada a comer lo básico, lo necesario, lo que se podía.

Pero allí… allí descubrí sabores que parecían inventados por los dioses. Dátiles dulces, panes suaves, carnes especiadas, frutas que parecían joyas.

Ya no era solo oler fragancias. Ya no era solo tocar sedas. Ahora era saborear delicias que nunca imaginé.

También comenzaron mis clases. Sacerdotes y magos nos enseñaban sobre los dioses de Egipto. Eran muchos. Demasiados. Cada uno con su historia, su templo, su poder.

Y yo me preguntaba en silencio:

¿Cuál de todos estos dioses es el mayor?

¿Cuál es el que vio mi padre?

¿Cuál es el que habló con él?

¿Cuál es el que sostiene mi destino?

¿Hablará algún día conmigo?

¿O los dioses no hablan con personas como yo?

Eran preguntas que guardaba en mi interior, como siempre había hecho. Preguntas que nadie escuchaba, pero que me acompañaban como una sombra suave.

Pasaron años así.

Años de aprendizaje, de perfumes, de telas, de banquetes, de rituales, de enseñanzas, de ilusiones.

EL PALACIO

Y en medio de esos años... supe que mi madre había muerto.

Sentí que algo dentro de mí se apagaba, como una lámpara que se queda sin aceite. No lloré. No podía. Era un dolor tan profundo que no encontraba salida.

No me permitieron ir a su funeral. No podía mezclarme mas con la gente común, mucho menos con extranjeros.

Yo ya pertenecía al palacio. A su mundo. A sus reglas.

Tragué profundo... Y callé. Una vez más.

Primero fue la ausencia de mi padre. Ahora era la ausencia de mi madre.

El palacio se convirtió en mi hogar. En mi familia. En mi mundo. En mis dioses. En mi identidad.

Pero con el tiempo... cuando todo dejó de ser nuevo, cuando los perfumes ya no me sorprendían, cuando las telas ya no me maravillaban, cuando los banquetes se volvieron rutina... algo dentro de mí comenzó a vaciarse.

Un vacío que no sabía explicar.

Un vacío que no tenía nombre.

Un vacío que crecía en silencio.

Porque las palabras de mi padre... esas palabras que hablaban de grandeza... eran más grandes que todo lo que yo estaba viviendo.

Y un día, mirándome al espejo de bronce, me dije a mí misma:

Esto no es ser grande. Solo soy una esclava refinada. Una esclava perfumada. Una esclava educada. Una esclava que come bien y viste bien…

…pero sigo siendo esclava.

LA LLEGADA DE SARAI AL PALACIO

Habían pasado ya varios años desde que entré al palacio.

Años de perfumes, de telas suaves, de banquetes, de enseñanzas, de rituales.

Años en los que me habían moldeado como a una vasija fina, pero por dentro… por dentro seguía siendo la niña que aprendió a callar.

Servía a la reina con dedicación.

La observaba en silencio mientras ella caminaba con la seguridad de quien es esposa, de quien es madre, de quien pertenece.

Y cada vez que la asistía, algo dentro de mí se encogía.

Porque yo no podía tener marido. Ni hijos. Ni hogar. Ni nombre propio.

Yo era una esclava refinada. Una esclava perfumada. Una esclava educada. Pero esclava al fin.

Y en secreto… cuando nadie me veía… lloraba.

Me hablaba a mí misma, como tantas veces lo había hecho desde niña:

"¿Eres tonta, Agar?

¿Creyendo en sueños de otros?

¿Creyendo en palabras de un hombre que ni siquiera recuerdas?

Tu madre tenía razón…”

Pero había otra voz dentro de mí. Una voz pequeña, pero firme.

Una voz que me había acompañado desde siempre, desde antes de Egipto, desde antes del palacio.

“Este no es el sueño de tu padre… pero sí el camino. No sé cuál de todos estos dioses lo hará…pero lo que él vio… lo que le fue anunciado… se cumplirá.”

Vivía entre dos voces… Entre dos mundos… Entre dos verdades.

Entre decepción y ánimo.

Entre alegría y tristeza.

Entre mentira y esperanza.

Entre incredulidad y fe.

Y mientras mi corazón debatía consigo mismo, escuché gritos en el fondo del palacio.

Pasos apresurados.

Órdenes.

Guardias corriendo.

Algo estaba ocurriendo.

Salí a ver, con la discreción que nos enseñaban a tener. Una de mis compañeras se acercó, agitada.

—El capitán ha encontrado a una mujer hermosísima para el faraón —me dijo—.

Una extranjera.

Dicen que viene del otro lado del río…

Mi corazón se detuvo un instante.

—¿La van a formar como a nosotras? —pregunté.

Ella negó con la cabeza.

—No.

A ella no la tomarán como esclava. La tomarán para algo superior.

Superior.

Esa palabra cayó sobre mí como una piedra.

Entre el sonido de las botas de los guardias, entre el murmullo de los corredores, entre el movimiento apresurado del palacio… mi corazón se deshizo.

No sentí envidia. Ni rabia. Ni celos.

No la conocía. No sabía su nombre. No había visto su rostro. Pero fue inevitable sentir cómo algo dentro de mí se quebraba.

Una desilusión profunda, silenciosa, afilada. Como si hubiera estado subiendo una montaña durante años y de pronto… alguien me empujara hacia el valle.

Todo el castillo que había construido en mi corazón comenzó a desmoronarse.

Otra mujer más hermosa que yo.

Para un puesto más elevado que el mío.

Entonces… ¿todo este tiempo estuve engañándome?

Y esa emoción, esa desilusión con garras, me arrastró hacia otras emociones que creía olvidadas.

La ausencia de mi padre.

La ausencia de mi madre.

Mi nombre de fugitiva.

Mi origen sin raíces.

Mi vida de huida.

Mi identidad de esclava perfumada.

Y allí, en medio del esplendor del palacio, rodeada de oro, de perfumes, de telas suaves, de columnas inmensas…

me sentí más vacía que nunca.

MI PRIMER ENCUENTRO CON SARAI

Había entrado en un estado emocional que siempre había evitado. Un lugar oscuro. Un lugar que conocía desde niña, pero del que siempre había huido.

Me sentía fracasada.

Frustrada.

Como si mi destino fuera sufrir, como si la vida me estuviera diciendo: “Esto es lo que eres. Esto es lo que siempre serás.”

Y por primera vez… comencé a creerlo.

Las evidencias estaban allí, claras, frías, afiladas.

La reina tenía esposo. Tenía hijos. Tenía un lugar. Tenía un nombre.

Yo no tenía nada de eso.

Ni podía tenerlo.

Ni me estaba permitido soñarlo.

Y en secreto, lloraba…

Lloraba como cuando era niña.

Lloraba como cuando perdí a mi padre.

Lloraba como cuando perdí a mi madre.

Lloraba como cuando descubrí que el palacio no era un hogar, sino una jaula perfumada.

Mientras sollozaba en silencio, me llamaron.

Mi patrona.

Con su voz firme, sin emoción.

—Agar, ven. Tú prepararás a la extranjera.

Esa frase… fue la gota que rebasó el vaso.

Sentí un fuego subirme por el pecho.

Quise gritar.

Quise huir.

Quise romper algo.

Quise romperme.

Pero me contuve. Como siempre. Como toda mi vida.

Callé.

Tragué.

Respiré.

Y caminé.

Mientras me dirigía a la habitación donde estaba aquella mujer, iba preparándome para aceptar lo que creía que era la verdad:

"Mi padre estaba loco."

"Sufría alucinaciones."

"Los dioses no hablan con gente como él."

"Mucho menos con alguien como yo."

"He vivido engañada."

"He creído en un sueño que no era mío."

Cada paso era una renuncia. Cada respiración era una derrota. Cada pensamiento era una piedra más sobre mi pecho.

EL PALACIO

Llegué a la habitación. Entré con la cortesía aprendida. Con la sumisión que me habían enseñado. Con el corazón hecho polvo.

Y allí estaba ella…

La mujer extranjera. La mujer hermosísima. La mujer destinada a algo superior.

Sarai.

La bañé como me bañaron a mí. La purifiqué como me purificaron a mí. La preparé como me prepararon a mí.

Pero ella no entendía mis palabras. Hablaba otro idioma. Sus manos temblaban. Sus ojos estaban llenos de miedo.

Y aun así, algo en ella me resultó familiar, como si nuestras heridas se reconocieran antes que nuestras voces.

Yo no sabía por qué temblaba. Ella no sabía por qué yo lloraba.

No podíamos hablar.

Pero nos miramos.

Yo con el corazón quebrado… Ella con el corazón en peligro.

Yo con heridas antiguas… Ella con un esposo que podía perder.

Yo con un destino que se desmoronaba… Ella con un destino que estaba siendo arrebatado.

Pasaron los días. Seguí preparándola. Y me di cuenta de algo: Las fragancias que le daban eran superiores. Las telas eran más finas. Los rituales más largos. Los cuidados más delicados.

Ella no sería esclava… Ella sería algo más.

EL PALACIO

Y en mis días de nostalgia, cuando ya no tenía fuerzas para llorar, ocurrió algo que nunca había visto.

El palacio fue invadido por plagas. Plagas horrendas. Plagas que entraban por las ventanas. Plagas que caían del techo. Plagas que se metían en la comida.

Plagas que perturbaban el sueño.

El sonido era insoportable: un zumbido vivo, insistente, como si miles de alas golpearan contra las paredes del palacio. Las sombras se movían en las esquinas, y el aire olía a humedad y a miedo.

Era como si la oscuridad hubiera entrado a vivir con nosotros.

Y pensé:

"Así está mi corazón."

"Lleno de cosas que no deberían estar allí."

"Lleno de sombras."

"Lleno de muerte."

Me dije a mí misma, con un sarcasmo triste:

"Bueno… al menos huelo bien."

"Huelo bien y visto bien… para ser una esclava."

Los sacerdotes hicieron rituales.

Invocaron a todos sus dioses.

Pero nada cambió.

Parecía que esos dioses estaban de vacaciones.

O sordos.

O muertos.

Y entonces escuché las botas de los guardias.

Otra vez.

Corriendo.

Apresurados.

Algo estaba pasando.

Una compañera me dijo:

—Esa mujer que preparas… está casada.

—¿Casada? —pregunté.

—Sí. Y son hebreos.

—¿Quiénes son ellos?

—Gente inmunda. Abominación para nosotros y nuestros dioses.

Sentí un golpe en el estómago.

—¿Entonces preparé a una mujer inmunda?

¿Ahora también seré desechada por los dioses?

Ella continuó:

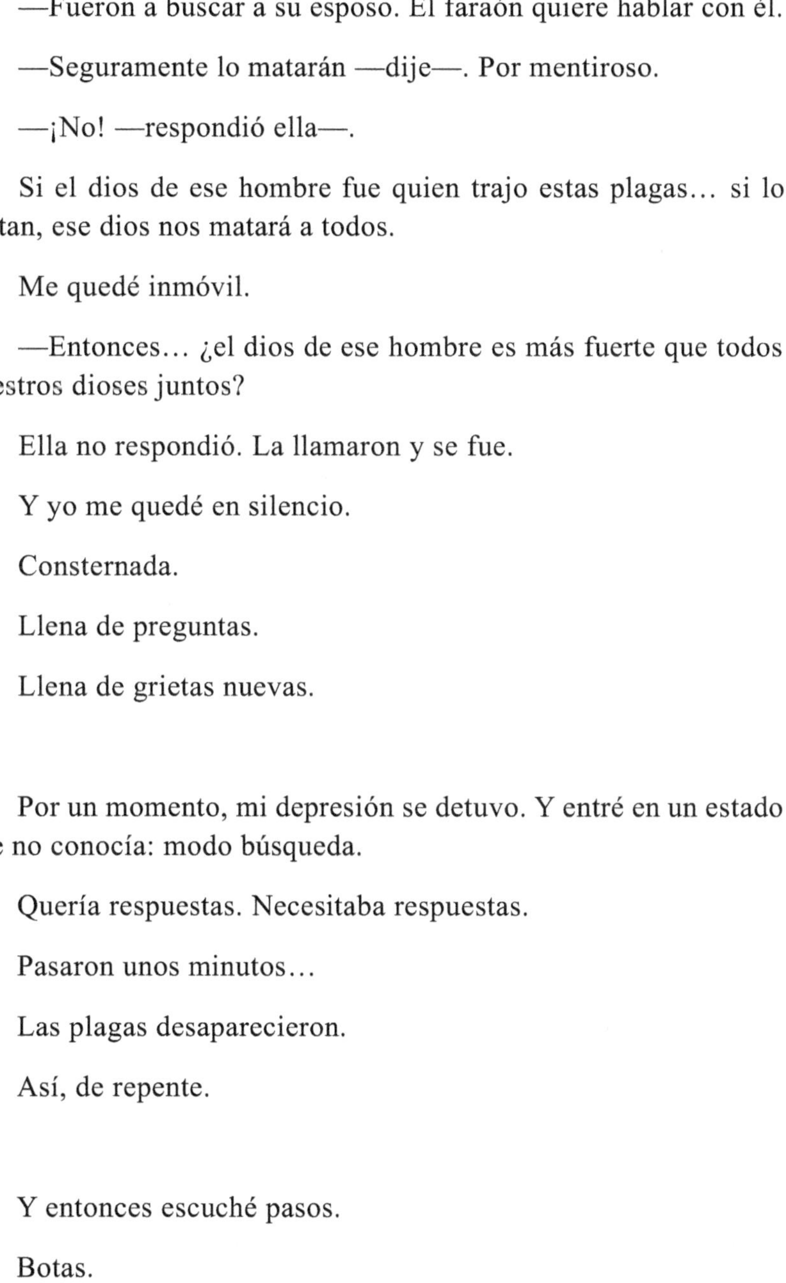

—Fueron a buscar a su esposo. El faraón quiere hablar con él.

—Seguramente lo matarán —dije—. Por mentiroso.

—¡No! —respondió ella—.

Si el dios de ese hombre fue quien trajo estas plagas… si lo matan, ese dios nos matará a todos.

Me quedé inmóvil.

—Entonces… ¿el dios de ese hombre es más fuerte que todos nuestros dioses juntos?

Ella no respondió. La llamaron y se fue.

Y yo me quedé en silencio.

Consternada.

Llena de preguntas.

Llena de grietas nuevas.

Por un momento, mi depresión se detuvo. Y entré en un estado que no conocía: modo búsqueda.

Quería respuestas. Necesitaba respuestas.

Pasaron unos minutos…

Las plagas desaparecieron.

Así, de repente.

Y entonces escuché pasos.

Botas.

Sandalias.

Voces.

Se acercaban a mi puerta.

Retrocedí.

Un paso.

Otro.

Otro.

Y repentinamente, la puerta se abrió.

—Prepara a la extranjera —ordenó el guardia—.

Se va.

Y tú te vas con ella.

Me quedé en shock.

No sentí nada.

Ni alegría.

Ni tristeza.

Ni miedo.

Solo vacío. Un vacío profundo. Un vacío que me congeló. Y un guardia me tomó del brazo y me dijo:

—Muévete.

Apúrate.

No queremos problemas con ese dios.

Tú te vas con ellos. Ahora.

Y así… una vez más… salí huyendo.

Mi nombre volvió a alcanzarme. Agar — la fugitiva. Era como si el destino me recordara quién era cada vez que intentaba olvidar.

Pero esta vez no por mis piernas. No por mi voluntad. No por mi decisión.

Sino obligada.

Arrancada.

Desterrada.

Desterrada de un lugar que nunca fue mío.

Desterrada sin padre.

Sin madre.

Sin sueño.

Sin palacio.

Sin perfumes.

Sin identidad.

Volvía al sol.

Volvía a la tierra.

Volvía a la pobreza.

Pero peor que antes… Porque ahora era esclava de una familia considerada inmunda.

Y pensé:

“Creí que ya había tocado fondo.”

“Pero siempre hay un fondo más profundo para quien está destinado a perder.”

Capítulo 5

“SIN AROMA”

Del Palacio al Campamento

Cuando salí del palacio, sentí que mi alma se quebraba como una jarra de cristal lanzada contra el suelo.

Los pedazos de mi corazón se esparcieron dentro de mí, afilados, fríos, imposibles de recoger.

Mi silencio… ese silencio que había aprendido desde niña… ese silencio que había sido mi refugio y mi cárcel… ese día recibió un doctorado.

No me quejé.

No protesté.

No grité.

Crecí sin protección paternal. Nunca tuve un hombre que me defendiera. Nunca tuve un abrazo que me dijera “estoy contigo”. Así que no sabía cómo rebelarme. No sabía cómo exigir. No sabía cómo decir “no”.

Me era más fácil ser sumisa que levantar la voz. Más fácil callar que enfrentar. Más fácil obedecer que existir.

Tenía miedo.

Tenía inseguridad.

Tenía el alma hecha pedazos.

Y entonces… Lo vi… A él… A Abram.

SIN AROMA

Por un momento, experimenté una sensación desconocida. Una mezcla de respeto, temor, curiosidad... y algo más que no sabía nombrar.

Ese hombre tenía un aura distinta. Una energía firme. Una presencia que imponía sin esfuerzo.

Parecía un oso. Parecía un león. Parecía una mezcla de criaturas que gobiernan el reino animal sin pedir permiso.

Algo había en él. Algo que incluso el faraón había reconocido. Porque el faraón le dio regalos. Muchos. Demasiados.

Y entre esos regalos... me dio a mí.

Yo era parte del botín. Parte del pago. Parte del miedo.

Mientras caminábamos lejos de Egipto, traté de encontrar algo positivo, como siempre hacía.

"Si el faraón y los sacerdotes le temen al dios de este hombre... entonces ese dios es más fuerte que todos los que conocí."

Quizás... quizás algún día podría aprender su idioma. Quizás algún día podría escuchar de ellos acerca de ese dios. Quizás... quizás ese dios también me vería.

Caminamos... Y caminamos... Y caminamos.

Y así como Egipto se alejaba detrás de mí, yo intentaba alejar mis emociones. Intentaba ocultarlas. Enterrarlas. Guardarlas en algún rincón de mi corazón donde no estorbaran.

Pero el despojo fue inevitable...

Mi perfume se disipó... Mis ropas se rasgaron. El olor dulce de los aceites se fue apagando día tras día, hasta que solo quedó el aroma áspero del sudor y la arena. Era como si mi piel olvidara lentamente que alguna vez fue tocada por flores.

SIN AROMA

Me dieron telas ásperas, como las que usaba cuando vivía con mi madre. Mi piel, que había sido suave por los ungüentos, volvió a endurecerse por el sol y la arena.

Volví a oler a tierra. Volví a oler a sol. Volví a oler a huida.

Y en ese olor antiguo, áspero, reconocí la sombra de mi madre. Su ausencia seguía allí, como un hueco que nunca terminaba de cerrarse.

Días tras días. Semanas tras semanas. Meses tras meses.

Con el pasar del tiempo aprendí su lengua. Aprendí a cocinar como ellos. Aprendí a caminar con ellos. Aprendí a vivir como ellos.

Era mucha gente. Más de trescientas personas.

A veces, en las noches silenciosas del campamento, todavía creía escuchar el zumbido de aquellas plagas que invadieron el palacio. Un sonido que se quedaba atrapado en mis oídos como un recuerdo que no quería irse.

Pero vivían en paz. Una paz que nunca había visto en Egipto. Una paz que no dependía de perfumes ni de palacios.

Y noté algo extraño.

Abram y Sarai no tenían hijos.

Y cada vez que la veía caminar entre las tiendas, había algo en ella que me inquietaba. No era belleza. No era autoridad. Era una especie de hilo invisible que unía su historia a la mía, aunque yo aún no sabía por qué.

Qué raro, pensé.

Un pueblo tan grande… y sin niños.

Y así pasaron los años. Me habitué a su forma de vida. No había columnas de mármol. No había banquetes. No había sedas. No había rituales de belleza.

Pero había paz.

Y aunque seguía siendo esclava… no me sentía esclava.

Mi alma, que había sido triturada, comenzó a encontrar un pequeño consuelo.

Una calma suave.

Una respiración nueva.

Por primera vez desde que salí del palacio… sentí que podía existir sin romperme.

Pero aun en esa calma, mi nombre seguía persiguiéndome. Agar — la fugitiva. Como si cada paso que daba fuera un recordatorio de que yo siempre estaba huyendo de algo… o hacia algo que aún no entendía.

EL CAMINO CON LOS EXTRANJEROS

Cuando salimos de Egipto, yo no solo dejaba atrás un país. Dejaba atrás todo lo que entendía.

En Egipto, desde niña, me enseñaron a reconocer jerarquías. A saber, quién era quién. A identificar rangos, títulos, linajes, símbolos. A entender mi lugar… siempre abajo, siempre pequeña, siempre silenciosa.

Pero en este nuevo grupo… todo era distinto. No había columnas. No había tronos. No había sacerdotes con máscaras de oro. No había soldados con lanzas. No había escribas tomando notas.

Solo había tiendas. Animales. Polvo. Y un hombre que caminaba adelante como si supiera exactamente hacia dónde iba, aunque el camino fuera solo arena.

Ese hombre era Abram.

No necesitaba corona. No necesitaba escolta. No necesitaba gritar. Su autoridad era silenciosa, como una montaña que no pide permiso para existir.

A su lado caminaba Sarai. No hablaba mucho. Pero su presencia era firme, como si ella también llevara dentro un secreto que yo no entendía.

Detrás de ellos vi a un joven. Al principio pensé que era su hijo. Tenía la edad, la fuerza, la postura. Pero pronto descubrí que no era hijo… sino sobrino. Y ese sobrino ya tenía esposa. Y ya tenía hijos.

Y entonces algo me golpeó por dentro.

Abram no tenía hijos. Ni uno. Ni siquiera un niño pequeño corriendo entre las tiendas. Nada.

Pero tenía pastores. Muchos. Y su sobrino también tenía muchos. Era como si ambos fueran líderes de algo que yo no alcanzaba a comprender.

Y ahí… ahí fue cuando mi mente empezó a comparar.

En Egipto, un hombre sin hijos era un hombre sin futuro. Un hombre sin herencia. Un hombre sin nombre. Un hombre sin continuidad.

Pero este hombre… este Abram… caminaba como si tuviera un destino más grande que todos los hijos del mundo juntos.

Y yo no entendía nada.

Mientras caminaba detrás de ellos, mis pensamientos se enredaron con mis recuerdos. Recordé a mi padre. Recordé su voz diciéndome que yo sería grande. Que yo sería importante. Que yo llegaría a lugares altos.

Recordé a mi madre riéndose de él. Llamándolo loco. Diciéndome que no creyera en sueños. Que la vida era dura. Que yo era solo una niña pobre destinada a servir.

Y ahí, en medio del desierto, entre extranjeros, sin hogar, sin rumbo, sin identidad… sentí que las palabras de mi padre se deshacían dentro de mí como agua entre los dedos.

Me descompensé. Me desanimé. Me hundí.

Pensé:

"No soy nada. No seré nada. Mi padre se equivocó. Mi vida no tiene destino."

Y mientras todos avanzaban, yo caminaba con el cuerpo… pero mi alma se quedaba atrás, arrastrándose, tratando de no romperse más de lo que ya estaba.

LA SEPARACIÓN DE ABRAM Y LOT

Con el paso de los días, empecé a notar algo extraño entre los pastores. No era pelea abierta, pero sí tensión. Miradas duras. Susurros. Pequeñas discusiones que crecían como brasas escondidas bajo la arena.

Los rebaños de Abram y los de Lot eran demasiados. Demasiados animales. Demasiados hombres. Demasiado territorio compartido.

SIN AROMA

En Egipto, cuando había conflicto, el faraón imponía su voluntad. Un gesto. Una orden. Un castigo. Y todo se alineaba.

Pero aquí… aquí vi algo que nunca había visto.

Abram llamó a Lot. No lo llamó como un superior llama a un inferior. Lo llamó como un hombre llama a alguien que ama.

Subieron juntos a un lugar alto. Yo los seguí a distancia, como siempre hacía. No porque fuera curiosa… sino porque necesitaba entender este mundo nuevo que no tenía columnas ni templos ni estatuas.

Desde arriba, el valle se extendía como un manto verde. Hermoso. Fértil. Lleno de vida.

Y entonces escuché a Abram decir algo que me dejó sin aire:

"Si tú vas a la izquierda, yo iré a la derecha. Si tú vas a la derecha, yo iré a la izquierda."

Yo me quedé inmóvil. No entendía.

¿Abram… el líder? ¿El hombre al que todos seguían? ¿El que tenía más pastores, más ganado, más autoridad…?

¿Le estaba dando a Lot la oportunidad de escoger primero? ¿De quedarse con lo mejor?

En Egipto eso jamás habría pasado. Jamás.

El faraón tomaba lo mejor. Siempre. Y los demás recibían las sobras.

Pero Abram… Abram actuaba como si su corazón fuera más grande que su territorio. Como si amar fuera más importante que poseer.

Y yo… yo no sabía qué hacer con eso.

Lot miró el valle. Lo vi en sus ojos: quería lo mejor. Lo más verde. Lo más fértil. Lo más fácil.

Y Abram lo dejó elegir. Sin enojo. Sin reclamo. Sin miedo.

Cuando Lot se fue con sus pastores, Abram se quedó solo en la cima. Y entonces hizo algo que me desconcertó aún más.

Se arrodilló. Se inclinó. Se postró.

No había estatua. No había ídolo. No había figura tallada. No había altar de piedra labrada como en Egipto.

Solo él. El suelo. Y un Dios que yo no podía ver.

Lo observé desde lejos. Su cuerpo doblado. Su rostro contra la tierra. Sus manos abiertas. Su voz baja, como si hablara con alguien que estaba ahí… aunque yo no viera a nadie.

Y algo dentro de mí se rompió.

Porque mientras veía a Abram amar a Lot sin condiciones… mientras veía a Abram adorar a un Dios invisible… mientras veía a Abram confiar sin aferrarse…

yo recordé mi vida.

Recordé que nunca conocí un amor así. Ni de un padre. Ni de una madre. Ni de nadie.

Recordé que en Egipto los animales recibían más afecto que yo. Que a los caballos los acariciaban. Que a los perros les hablaban. Que a los gatos les daban leche. Y yo… yo era solo una sombra que servía.

Mientras Abram se inclinaba ante su Dios, yo me inclinaba ante mi tristeza. Sentí que caía. Que descendía dentro de mí misma. Que mi alma se hundía en un pozo sin fondo.

Pensé:

"Quizás mi destino es este. Ser invisible. Ser usada. Ser entregada como un objeto. Ser menos que un animal. Ser una mujer sin amor."

Y mientras Abram adoraba… yo me quebraba.

LA GUERRA Y EL AMOR

Pasaron semanas después de la separación de Abram y Lot. Semanas en las que mi cuerpo aprendía lo que mi alma aún no podía aceptar.

Aprendí a cocinar sus comidas. Aprendí a moler granos con sus piedras. Aprendí a ordenar las cabras para tomar su leche. Aprendí a hacer mantequilla con mis manos ásperas. Aprendí a preparar pan sin levadura. Aprendí a hablar como ellos, a moverme como ellos, a no estorbar, a no molestar.

No porque quisiera… sino porque no podía darme el lujo de fallar. Ya cargaba suficiente dolor como para añadir más por negligencia.

Así que sacaba aliento de donde no había. Me obligaba a ser útil. A ser invisible. A ser perfecta. A ser lo que fuera necesario para no ser un problema.

Y en medio de ese esfuerzo silencioso, un día escuché gritos.

Pastores corriendo. Hombres jadeando. Miradas llenas de angustia. Parecía que algo terrible había ocurrido.

Mi primer pensamiento fue el ganado. Alguna bestia. Algún ataque. Alguna pérdida.

Pero cuando los hombres llegaron ante Abram… lo vi caer al suelo. Vi sus manos sobre su cabeza. Vi su cuerpo doblarse como si el dolor lo hubiera atravesado.

Me quedé helada.

Nunca había visto a un líder reaccionar así. En Egipto, los faraones no se lamentaban. Ordenaban. Castigaban. Gritaban. Pero no se quebraban.

Abram sí.

Y eso me confundió.

¿Era por el ganado? ¿Amaba tanto a sus animales? ¿Era tan sensible? ¿O había ocurrido algo peor?

No entendía. Solo observaba desde lejos, como siempre. Discreta. Silenciosa. Invisible.

Abram se apartó unos pasos. Lo vi hablar solo. O quizá hablaba con ese Dios que no se ve. Ese Dios sin estatua. Sin forma. Sin rostro. Ese Dios que él adoraba con una devoción que yo no comprendía.

Cuando terminó su conversación, reunió a todos sus pastores. A todos sus siervos. A todos los hombres.

Era como una gran asamblea. Y allí, por fin, entendí lo que había sucedido.

Reyes. Guerras. Conflictos. Batallas.

Y en medio de todo eso… Lot había sido secuestrado.

El sobrino que él amaba. El muchacho que había elegido el valle. El hombre que se había ido con su familia.

Abram no dudó. No tembló. No se quejó.

Solo dijo que iría a rescatarlo.

Y entonces vi algo que me dejó sin palabras.

Campesinos. Pastores. Hombres sin espadas. Sin armaduras. Sin escudos. Sin entrenamiento militar.

Solo varas de pastor. Solo manos callosas. Solo corazones dispuestos.

Era una locura. Una locura absoluta.

Yo había visto el ejército de Egipto. Había visto carros de guerra. Había visto lanzas, escudos, filas interminables de soldados. Había visto disciplina, fuerza, poder.

Y ahora veía a estos hombres… estos hombres simples… preparándose para enfrentar reyes.

Pero lo que más me impactó no fue la locura. Fue el amor.

El amor de Abram por Lot. Un amor tan grande que lo llevaba a arriesgarlo todo. Un amor que no pedía nada a cambio. Un amor que yo nunca había visto. Un amor que yo nunca había recibido.

Y mientras admiraba a ese hombre… mientras veía su determinación… mientras veía cómo se movía por amor…

algo dentro de mí se rompió otra vez.

Pensé:

“Si yo hubiera tenido a alguien así en mi vida… ya me habría rescatado de todo esto.”

Pero no lo tuve. Nunca lo tuve. Nunca tuve un amor que peleara por mí. Nunca tuve un abrazo que me buscara. Nunca tuve un nombre que me defendiera.

Y mientras ellos se preparaban para marchar… yo me hundía en mi propio abismo.

Ellos se fueron a rescatar a Lot. Y yo me quedé… esperando que alguien, algún día, quisiera rescatarme a mí.

LA SOLEDAD DEL CAMPAMENTO Y EL REGRESO

Cuando los hombres se fueron, el campamento quedó en silencio. Un silencio extraño, hueco, como si el viento también se hubiera ido con ellos.

Solo quedamos las mujeres y los niños. Las esposas de los pastores. Las madres de los jóvenes. Las hermanas de los muchachos que habían marchado con Abram.

Al principio pensé que habría miedo. Que habría llanto. Que habría desesperación.

Pero no.

Lo que vi fue algo que nunca había visto en mi vida.

Las mujeres se reunían. Se abrazaban. Se daban ánimo. Compartían pan, agua, palabras. Se sentaban juntas alrededor del fuego. Oraban. Le hablaban a ese Dios invisible con una confianza que me desconcertaba.

Yo las observaba desde una esquina. Siempre desde una esquina. Siempre desde lejos.

Veía cómo se preocupaban unas por otras. No solo por si habían comido o si tenían ropa… sino por lo que sentían. Por lo que pensaban. Por lo que temían.

Era un amor cálido. Un amor cotidiano. Un amor que no necesitaba templos ni columnas de oro.

SIN AROMA

Y entonces recordé el palacio de Egipto. Recordé su frialdad. Recordé sus pasillos silenciosos. Recordé a las mujeres que servían sin hablarse. Recordé a las madres que no abrazaban. Recordé a los hombres que no miraban a los ojos.

Y sentí un vacío dentro de mí.

Pensé:

"Qué bonito sería que algún día alguien me llamara por mi nombre... con cariño... con ternura... y simplemente me preguntaran: '¿Cómo te sientes hoy?'"

Pero nadie lo hacía. Nadie lo había hecho nunca. Nadie me había amado así. Nadie me había comprendido.

Y para ser honesta... empecé a creer que yo no había nacido para eso.

Mientras la nostalgia me hundía, mientras mi corazón se hacía más pequeña, mientras mi alma se encogía como una hoja seca...

los hombres regresaron.

Los escuchamos antes de verlos. Sus voces. Sus risas. Sus pasos fuertes. Sus gritos de victoria.

Cuando aparecieron, sus rostros brillaban. Había algo en ellos... una luz... una fuerza... una alegría que iluminaba todo a su alrededor.

Habían rescatado a Lot. Habían recuperado todo el botín. Habían vuelto sin heridas. Sin sangre. Sin muertos.

Yo no entendía cómo era posible. No entendía cómo un grupo de pastores podía vencer a reyes. No entendía cómo hombres sin espadas podían regresar con victoria.

Pero las mujeres no se hicieron preguntas. Corrieron. Abrazaron a sus esposos. A sus hijos. A sus padres. A sus hermanos.

Era un festival de amor. Un estallido de alegría. Un río de abrazos y lágrimas y risas.

Y por un momento… solo por un momento… sentí la alegría de ellos como si fuera mía.

Aunque ninguno de esos hombres me amaba. Aunque ninguno de esos brazos era para mí. Aunque mi corazón estaba astillado y a punto de romperse en mil pedazos…

una sonrisa se dibujó en mi rostro.

Esa noche hubo un gran banquete. Comida. Música. Risas. Historias de la batalla. Oraciones de gratitud.

Y yo dormí bajo las estrellas. Mirando el cielo. Pensando:

"Quizás ese Dios invisible… quizás Él sí los ayuda."

Y con ese pensamiento… me quedé dormida.

EL TIEMPO DE PAZ

Con el paso de los días, después de la victoria y del regreso de los hombres, el campamento volvió a su ritmo normal. El ruido de los animales. El olor del pan recién hecho. El sonido de las mujeres moliendo grano. Las risas de los niños corriendo entre las tiendas.

Y yo… yo me adapté.

Como siempre lo había hecho.

Me adapté a la ausencia de mi padre. Me adapté a la ausencia de mi madre. Me adapté al palacio de Egipto. Me adapté a la esclavitud. Me adapté al silencio. Me adapté al dolor.

SIN AROMA

Y ahora me adaptaba a esta nueva vida. A esta gente. A sus costumbres. A su comida. A su idioma. A su Dios invisible.

Ya no lloraba por las noches. Ya no me preguntaba por qué. Ya no esperaba nada. Solo vivía. Solo respiraba. Solo hacía lo que debía hacer.

Y en esa calma extraña, una noche escuché algo.

No era un grito. No era un canto. No era una oración de las mujeres.

Era la voz de Abram.

Salió de su tienda con el rostro encendido por algo que yo no entendía. Caminó hacia un lugar apartado, como siempre hacía cuando quería hablar con su Dios.

Yo lo seguí con la mirada, sin acercarme. Nunca me acercaba. No era mi lugar.

Lo vi levantar el rostro al cielo. Lo vi hablar. Lo vi escuchar. Lo vi responder.

Era una conversación. Una conversación real. Una conversación con alguien que yo no podía ver.

Y entonces escuché palabras que no eran para mí, pero que igual me atravesaron.

Abram hablaba de miedo. De futuro. De herencia. De hijos que no tenía. De promesas que no entendía.

Y luego… silencio.

Un silencio tan profundo que parecía que el cielo entero estaba escuchando.

Abram levantó la vista. Miró las estrellas. Y su rostro cambió. Como si hubiera recibido una respuesta. Como si hubiera visto algo que yo no podía ver.

Yo no escuché la voz. No escuché las palabras. No escuché la promesa.

Pero vi el efecto.

Vi cómo su cuerpo se relajó. Vi cómo su respiración se hizo lenta. Vi cómo sus ojos brillaron con una esperanza que yo no conocía.

Y pensé:

"Qué fácil es para algunos creer. Qué fácil es para algunos esperar. Qué fácil es para algunos recibir palabras de amor."

Yo no tenía promesas. No tenía herencia. No tenía futuro. No tenía voz que me hablara desde el cielo.

Pero estaba viva. Estaba respirando. Estaba aprendiendo. Estaba sobreviviendo.

Y eso, para mí, ya era suficiente.

Abram regresó a su tienda con una paz que yo nunca había visto en un hombre. Una paz que venía de un Dios que yo no entendía. Un Dios que hablaba. Un Dios que prometía. Un Dios que veía.

Yo me quedé afuera, mirando las estrellas. Pensando en nada. Pensando en todo. Pensando en cómo la vida me había enseñado a olvidar mis males para poder seguir caminando.

Y esa noche, por primera vez en mucho tiempo, no me dolió recordar. No me dolió existir. No me dolió estar sola.

Solo respiré. Y me dormí.

Capítulo 6

"LA ROTURA"

El Desgarro que me Hizo Sangrar y Sufrir

Era una mañana clara. El viento sacudía suavemente las tiendas. Las cabras balaban. Los niños corrían entre las fogatas apagadas. Las mujeres reían mientras preparaban el pan.

Todo era normal. Todo era como siempre. Y yo... yo también estaba como siempre: haciendo mis tareas, respirando, viviendo, adaptándome.

Pero algo cambió.

Vi a Abram y a Sarai reunidos aparte. No era raro que hablaran, pero esta vez... esta vez había algo distinto.

Sarai gesticulaba con fuerza. Sus manos se movían como quien exige. Su rostro estaba tenso, duro, aferrado a algo que yo no podía escuchar.

Abram, en cambio, tenía esa expresión que solo había visto en hombres que ya no tienen opciones. Como quien carga un peso que no pidió. Como quien escucha algo que no quiere aceptar.

Me quedé observando desde lejos. No por curiosidad... sino porque después de nueve años viviendo con ellos, yo conocía sus gestos, sus silencios, sus miradas.

Y esto... esto era diferente.

Mientras pensaba, los dos dejaron de hablar. Y entonces sucedió.

LA ROTURA

Ambos giraron la cabeza hacia mí. Me miraron. Los dos. Al mismo tiempo.

Esa mirada lo cambió todo.

Sentí un escalofrío recorrerme la espalda. Mi corazón empezó a latir más rápido. Mis manos temblaron.

El tema era yo. Yo era la conversación. Yo era el problema. Yo era la decisión.

Empecé a hacerme preguntas. Miles. Rápidas. Desesperadas.

¿Hice algo mal? ¿Me equivoqué en alguna tarea? ¿Ofendí a alguien? ¿Descuidé algo? ¿Dije algo indebido?

La intriga crecía. La ansiedad me apretaba el pecho. Sentía que algo oscuro se acercaba.

Porque así era mi vida: cada vez que me adaptaba, cada vez que aceptaba, cada vez que lograba respirar sin dolor… algo venía a golpearme por dentro y a recordarme que mis heridas no estaban sanadas, solo estaban olvidadas.

Y entonces los vi caminar hacia mí.

Abram. Sarai. Juntos. Con pasos firmes. Con un propósito que yo no entendía.

Mi cuerpo empezó a temblar. Mi respiración se volvió corta. Mi mente se llenó de miedo.

¿Qué hice? ¿Qué me va a pasar? ¿Por qué vienen hacia mí?

Cuando llegaron frente a mí, no hubo introducción. No hubo suavidad. No hubo explicación.

Solo una orden.

Una orden que me congeló el alma.

LA ROTURA

Sarai, con voz dura, sin emoción, sin mirarme a los ojos, dijo:

“Te acostarás con Abram. Concebirás un hijo para mí.”

No entendí. No reaccioné. No respiré.

Me quedé paralizada. Como si mi cuerpo hubiera dejado de pertenecerme. Como si mi alma hubiera salido de mí para no sentir.

No hubo preguntas. No hubo compasión. No hubo humanidad.

Solo una orden. Fría. Cruel. Desnuda.

El viento se detuvo un instante, como si incluso el aire se negara a tocarme después de escuchar esas palabras.

Y en ese instante entendí algo que me atravesó como un cuchillo:

No era una mujer. Era un objeto. Un vientre. Una herramienta. Un cuerpo que otros podían usar.

Lo más vil que me había pasado. Lo más humillante. Lo más doloroso.

Quise hablar. Quise decir algo. Quise preguntar por qué.

Pero no pude.

Mi voz no salió. Mi mente no pensó. Mi corazón no latió.

Solo deseé volver a la noche anterior, cuando miraba las estrellas y por un momento creí que estaba bien.

Pero ya no estaba bien. Ya no era libre. Ya no era yo.

Era… lo que ellos decidieran que fuera.

LA NOCHE EN QUE MI ALMA SE ESCONDIÓ

Cuando Abram entró en mi tienda, el aire cambió. El olor a polvo y lana húmeda se mezcló con un silencio tan denso que parecía tener peso propio.

No fue un viento. No fue un sonido. Fue algo más profundo, como cuando una sombra se posa sobre un campo y la luz no sabe dónde esconderse.

Yo no lo miré. No podía. Mi cuerpo estaba allí, pero mi alma ya había empezado a caminar hacia otro lugar.

Era un mecanismo antiguo, uno que había aprendido sin que nadie me lo enseñara: cuando la vida me hería, yo me iba. Me escapaba hacia adentro. Me escondía en un rincón secreto donde nadie podía tocarme.

Mientras él se acercaba, yo cerré los ojos y dejé que mi mente construyera un mundo distinto.

Un mundo donde yo no era un objeto. Un mundo donde mi nombre tenía peso. Un mundo donde alguien me preguntaba cómo me sentía.

En mi fantasía, yo estaba en un campo lleno de lirios. Los lirios se movían como si supieran mi nombre, como si me reconocieran más que cualquier ser humano lo había hecho jamás.

El viento movía las flores como un mar blanco. Las montañas eran suaves. El cielo era azul sin grietas.

Y yo caminaba descalza, sin miedo, sin órdenes, sin cadenas.

En ese lugar inventado, yo era libre.

Mientras tanto, en la tienda, mi cuerpo permanecía quieto, obediente, silencioso.

LA ROTURA

No escuché palabras. No escuché mi nombre. No escuché ternura.

Solo escuché el sonido de mi propia respiración tratando de no quebrarse.

En mi fantasía, un árbol grande me daba sombra. Sus ramas eran fuertes. Sus hojas eran muchas. Y yo me recostaba en su tronco como quien busca refugio.

Ese árbol era mi escape. Mi escondite. Mi protección imaginada.

Porque en la realidad… no había nada de eso.

No había refugio. No había sombra. No había abrazo.

Solo había un acto que no elegí, un destino que no pedí, una herida que se abría sin hacer ruido.

Mi mente se aferró a la fantasía como un náufrago se aferra a un pedazo de madera. Y al fondo el sonido de las aguas del mar.

Y así pasó el tiempo. No sé cuánto. No sé cómo. No sé en qué orden.

Solo sé que, en mi mundo inventado, el viento seguía moviendo los lirios, y yo seguía caminando lejos, muy lejos, tan lejos como pudiera ir sin desaparecer.

Hasta que escuché un sonido.

Un paso. Un movimiento. Una tela que se corre.

Abrí los ojos.

Abram salía de la tienda.

No dijo nada. No miró atrás. No buscó mis ojos. No pronunció mi nombre.

Solo salió.

Y cuando la cortina volvió a caer, la fantasía se deshizo como humo.

Me quedé sola. En silencio. Con el cuerpo quieto y el alma hecha pedazos.

Y pensé:

“Ojalá pudiera quedarme para siempre en el campo de lirios.”

EL DÍA EN QUE MI CUERPO HABLÓ ANTES QUE MI MENTE

Cuando desperté, la tienda estaba en silencio. Un silencio pesado, espeso, como si el aire supiera lo que había ocurrido.

Me incorporé despacio. Mi cuerpo se sentía extraño, ajeno, como si no fuera mío. Había una incomodidad que no sabía nombrar, una mezcla de vergüenza, dolor y algo más profundo... algo que no quería mirar.

Sentí la urgencia de lavarme. De quitarme de encima la noche anterior. De borrar lo que había pasado. De arrancarme la sensación de ser usada.

Pero mientras me lavaba, descubrí algo que me detuvo.

No era dolor. No era suciedad. No era solo la memoria de lo que había ocurrido.

Era... un cambio. Un calor tenue subía desde mi vientre, como una brasa escondida bajo la arena.

Un cambio silencioso. Un cambio interno. Un cambio que no venía de afuera, sino de adentro.

LA ROTURA

Yo conocía mi cuerpo. Lo había observado toda mi vida. Sabía cómo respondía al cansancio, cómo reaccionaba al frío, cómo se tensaba ante el miedo, cómo se relajaba en los pocos momentos de paz.

Pero esto… esto era distinto.

Era como si una chispa se hubiera encendido en un lugar profundo, un lugar que nunca antes había sentido. Una sensación tenue, casi imperceptible, pero real.

Me quedé quieta. Muy quieta. Escuchando mi propio cuerpo como quien escucha un susurro detrás de una puerta.

Y entonces lo entendí.

No con palabras. No con lógica. No con certeza.

Lo entendí con el instinto antiguo de las mujeres. Con ese conocimiento que no se aprende, sino que simplemente aparece.

Algo había comenzado dentro de mí. Algo pequeño. Algo frágil. Algo que no pedí. Algo que no elegí. Algo que no sabía si quería.

Pero algo… vivo.

Me senté en el suelo de la tienda y apoyé la mano sobre mi vientre, no por ternura, sino por desconcierto.

Era como si mi cuerpo me hablara antes que mi mente. Como si me dijera:

"Algo está creciendo aquí."

Y yo no sabía si llorar, si temblar, si huir, o si simplemente aceptar que mi vida acababa de cambiar para siempre.

La sensación desagradable seguía allí, como una sombra. Pero detrás de ella, muy detrás, había una luz diminuta, una chispa, un inicio.

La concepción. El misterio. El comienzo de algo que aún no tenía nombre.

Y mientras el campamento despertaba afuera, yo me quedé en silencio, tratando de entender cómo algo tan doloroso podía convertirse en algo tan… formidable.

DOS MESES DE SILENCIO Y MIRADAS QUE EVITAN

Los días siguientes fueron extraños. No por lo que hacía, sino por lo que dejé de ver.

Mi rutina no cambió. Me levantaba temprano. Molía el grano. Ordenaba a las cabras. Traía agua. Ayudaba a las mujeres. Hacía lo que siempre había hecho.

Pero algo en el aire era distinto. Como si el campamento respirara de otra manera.

Abram, que siempre había sido distante, ahora era más distante todavía. Una distancia que no era indiferencia, sino… evitación.

Una mañana nos cruzamos entre las tiendas. Él venía caminando hacia mí. Yo bajé la mirada, como siempre. Pero antes de que nos encontráramos, él cambió de dirección.

El polvo se levantó entre nosotros como un muro pequeño, pero suficiente para recordarme que algo se había roto.

Giró el cuerpo. Desvió los ojos. Como si mi presencia fuera una sombra que no quería atravesar.

No era desprecio. Era miedo. Un miedo que no era suyo, sino prestado. Un miedo que tenía el nombre de Sarai.

Porque Sarai… también había cambiado.

Antes me enviaba a llevarle cosas a Abram: agua, pan, telas, mensajes. Pero ahora enviaba a otra sierva. A cualquiera menos a mí.

Era como si yo hubiera sido marcada. No con tinta. No con palabras. Sino con un silencio que decía:

“No te acerques.”

Y yo lo entendía. No porque me lo explicaran, sino porque lo veía en sus ojos.

Sarai me observaba. No siempre. No de frente. Pero la sentía.

Como quien observa un experimento esperando un resultado. Como quien mira una vasija para ver si se agrieta. Como quien vigila una semilla para ver si brota.

Cuando yo levantaba la mirada, ella la apartaba. Rápido. Como si no quisiera que yo supiera que me estaba mirando.

Pero aun en ese gesto rápido, había un destello que no entendía: miedo, dolor… o quizá un reflejo de mi propia herida.

Y así pasaron los días. Y las semanas. Y los meses.

Mi rutina seguía igual. Pero la atmósfera… la atmósfera era otra.

Abram evitándome. Sarai observándome. Las mujeres susurrando. Los hombres callando. El campamento respirando distinto.

Y yo… yo también había cambiado.

No por fuera. Por dentro.

Había algo en mi cuerpo, algo pequeño, algo silencioso, algo que crecía sin pedir permiso.

Yo conocía mis ritmos. Conocía mis señales. Conocía mis ciclos. Conocía mis cansancios.

Y esto… esto no era cansancio. No era hambre. No era estrés. No era tristeza.

Era otra cosa. Una cosa nueva. Una cosa que no podía negar.

A los dos meses, ya no era intuición. Ya no era sospecha. Ya no era imaginación.

Era certeza.

Estaba embarazada.

Y mientras el campamento seguía su vida, yo caminaba con una mano sobre mi vientre, no por ternura, sino por incredulidad.

Porque dentro de mí, en silencio, sin que nadie lo supiera, sin que nadie lo celebrara, sin que nadie lo deseara…

algo estaba creciendo.

Algo que cambiaría todo.

EL ORGULLO QUE BROTÓ DE MI HERIDA

Con el paso de los días, algo cambió dentro de mí. No solo en mi cuerpo. En mi mente. En mi forma de mirar el mundo.

Era como si, después de una vida entera sintiéndome menos, de pronto hubiera encontrado un lugar donde yo era “más”.

No era verdad. No era sano. No era justo. Pero era lo que mi mente herida necesitaba creer.

Porque mientras Sarai sufría por lo que no podía tener, yo llevaba dentro de mí algo que ella jamás había logrado. Algo que ella deseaba. Algo que la vida le había negado.

Y esa idea… esa idea me envenenó.

No de maldad. De dolor. De tantos años de ser nada, que cuando por fin tuve “algo”, me aferré a ello como si fuera mi identidad.

Abram me evitaba. Sarai me vigilaba. El campamento murmuraba.

Y yo… yo caminaba con la mano sobre mi vientre, no por ternura, sino por orgullo.

Un orgullo torpe. Infantil. Nacido de la herida, no de la fuerza. Era como un sabor amargo en la boca: no alimentaba, pero engañaba al hambre.

Cuando Sarai me observaba desde lejos, yo bajaba la mirada hacia mi vientre, pasaba la mano por encima, y luego levantaba los ojos hacia ella con una sonrisa leve, pequeña, pero cargada de un mensaje silencioso.

Un mensaje que nunca dije en voz alta, pero que repetía dentro de mí como un eco:

“Soy tu esclava… pero llevo dentro lo que tú no puedes tener.”

Era cruel. Era injusto. Era arrogante.

Pero era mi manera de sobrevivir. Mi manera de sentir que no era solo un cuerpo usado. Mi manera de creer que tenía valor. Mi manera de escapar de la sensación de ser nada.

Sarai lo notaba. Lo sentía. Lo respiraba.

Y su mirada se endurecía cada día más. No por odio. Por dolor. Por miedo. Por inseguridad.

Yo no lo entendía entonces. No veía su herida. Solo veía la mía.

Y así pasaron dos meses. Dos meses donde mi vientre seguía siendo pequeño, pero mi orgullo crecía como una sombra.

Dos meses donde yo seguía siendo esclava, pero dentro de mí crecía algo que cambiaría todo.

Dos meses donde la atmósfera se tensó, como una cuerda estirada al límite.

Hasta que ya no pude negarlo más:

estaba embarazada.

Y ese embarazo, que pudo haber sido un milagro, se convirtió en el inicio de una guerra silenciosa entre dos mujeres rotas.

CUANDO MI ORGULLO SE VOLVIÓ UN ARMA CONTRA MÍ

Con el paso de los días, mi vientre seguía siendo pequeño, pero mi actitud... mi actitud crecía como una sombra que no sabía controlar.

No era fuerza. No era seguridad. No era victoria.

Era dolor disfrazado. Era trauma maquillado. Era una ilusión que yo misma había construido para no sentirme tan pequeña.

Porque toda mi vida había sido menos. Menos vista. Menos amada. Menos importante. Menos humana.

Y ahora, por primera vez, había algo dentro de mí que no era "menos". Algo que Sarai deseaba. Algo que ella no tenía. Algo que la vida le había negado.

Y esa idea… esa idea me transformó.

Cuando Sarai me observaba desde lejos, yo bajaba la mirada hacia mi vientre, pasaba la mano suavemente por encima, y luego levantaba los ojos hacia ella con una sonrisa que no era amable, ni humilde, ni inocente.

Era una sonrisa pequeña, pero cargada de un mensaje silencioso, un mensaje que yo nunca dije en voz alta, pero que repetía dentro de mí como un susurro venenoso:

"Tú eres la esposa… pero yo llevo dentro lo que tú no has podido tener."

No era maldad. Era herida. Era la voz de una niña que nunca fue amada y que ahora creía haber encontrado un lugar donde podía sentirse valiosa.

Pero esa ilusión no me elevaba. Me hundía.

Porque mientras yo me sentía "superior", seguía siendo esclava. Seguía sin nombre. Seguía sin derechos. Seguía sin voz.

Y Sarai… Sarai lo veía todo.

Veía mi mirada. Veía mi gesto. Veía mi orgullo. Veía mi fantasía.

Y cada vez que yo levantaba la cabeza, ella bajaba la suya, no por vergüenza, sino por dolor.

Un dolor que yo no entendía entonces. Un dolor que yo ignoraba porque estaba demasiado ocupada tratando de sentirme "algo".

LA ROTURA

La atmósfera se volvió más tensa. Más pesada. Más frágil.

Las mujeres lo notaban. Los hombres lo intuían. El campamento entero parecía contener la respiración.

Y así pasaron los días. Y las semanas. Y los meses.

Hasta que ya no hubo duda:

yo estaba embarazada.

Y ese embarazo, que pudo haber sido un puente, se convirtió en un muro.

Un muro entre Sarai y yo. Un muro entre Abram y yo. Un muro entre mi pasado y mi futuro.

Un muro que yo misma había empezado a levantar con cada mirada, con cada gesto, con cada pensamiento orgulloso que nacía de mi herida.

Y mientras ese muro crecía, mi nombre volvía a perseguirme: Agar — la fugitiva. Siempre huyendo, incluso cuando parecía avanzar.

Capítulo 7

"LA HUIDA"

El Cuerpo Hablando lo que el Alma no Dice

No sé en qué momento exacto comenzó. No hubo un grito inicial. No hubo un anuncio. Solo un cambio en el aire. Un cambio que se siente antes de escucharse.

Sarai llevaba días observándome. Días tragándose palabras. Días acumulando un dolor que no tenía dónde poner.

Y yo… yo alimentaba ese dolor sin darme cuenta. Con mis miradas. Con mi orgullo. Con esa sonrisa leve que yo creía victoria y que para ella era una daga.

Hasta que un día, la cuerda se rompió.

Sarai exploto, no aguantó más… El aire vibró como si una cuerda invisible se hubiera tensado demasiado y por fin se rompiera.

La escuché antes de verla. Su voz atravesó el campamento como un trueno.

—¡Abram! ¡Esto es culpa tuya!

Me quedé inmóvil. Las mujeres dejaron de moler. Los niños dejaron de correr. Los pastores dejaron de hablar.

El campamento entero se congeló.

Sarai salió de su tienda con los ojos encendidos. No de odio. De dolor. De un dolor tan profundo que se había convertido en furia.

LA HUIDA

—¡Mi afrenta sea sobre ti! —le gritó a Abram—. ¡Yo puse a mi sierva en tus brazos, y ahora que concibió, me mira con desprecio!

Yo sentí que el suelo se abría bajo mis pies. No porque ella mintiera. Sino porque decía la verdad.

Mi orgullo la había herido. Mi mirada la había humillado. Mi fantasía la había lastimado.

Pero yo no dije nada. No podía. No debía. No era mi lugar.

Y vi a Abram como atrapado entre dos dolores…

Abram la escuchó en silencio. No levantó la voz. No la contradijo. No me defendió.

Solo la miró con esa expresión que yo ya conocía: la expresión de un hombre atrapado entre dos dolores y sin saber cómo sanar ninguno.

Sarai siguió hablando, su voz quebrándose entre la rabia y el llanto.

—¡Que el Señor juzgue entre tú y yo!

Abram respiró hondo. Muy hondo. Como quien carga un peso que no pidió.

Y entonces dijo las palabras que cambiaron mi vida:

"Tu sierva está en tus manos. Haz con ella lo que bien te parezca."

Sentí un frío subir desde mis pies, como si la tierra misma me retirara su calor.

No lo dijo con crueldad. No lo dijo con desprecio. Lo dijo con resignación. Con cansancio. Con la impotencia de un hombre que no sabía qué más hacer.

Pero para mí… esas palabras fueron una sentencia.

E inmediatamente esto fue el comienzo del maltrato…

Sarai se volvió hacia mí. No con odio. Con dolor. Con una herida abierta que buscaba dónde sangrar.

Y yo fui el lugar donde sangró.

No me golpeó. No me gritó. No me insultó.

Fue peor.

Me ignoró. Me humilló. Me trató como si no existiera. Como si fuera aire. Como si fuera un objeto que estorbaba.

Me daba órdenes sin mirarme. Me enviaba a hacer tareas imposibles. Me hacía repetir trabajos que ya había hecho. Me corregía por cosas que no estaban mal. Me hacía sentir que cada respiración era un error.

A veces, cuando pasaba junto a mí, su sombra me rozaba… y ese roce dolía más que cualquier golpe.

Y yo… yo lo permití.

Porque seguía siendo esclava. Porque seguía sin voz. Porque seguía sin nombre. Porque seguía sin derecho a defenderme.

Y porque, en el fondo, sabía que mi orgullo había encendido esta tormenta.

Mientras Sarai descargaba su dolor sobre mí, mi cuerpo cambiaba. Mi vientre crecía. Mi respiración se hacía más pesada. Mi espalda dolía. Mis fuerzas se agotaban.

Pero no podía detenerme. No podía descansar. No podía pedir ayuda.

Cada día era más difícil. Cada día era más doloroso. Cada día era más evidente que yo no podía seguir así.

Pero aún no huía. Aún no corría. Aún no escapaba.

Porque todavía creía que podía soportarlo. Porque todavía pensaba que el dolor era parte de mi destino. Porque todavía no sabía que Dios me estaba mirando.

CUANDO YA NO PUDE INVENTAR OTRO MUNDO

Al principio intenté hacer lo que siempre hacía. Cerrar los ojos. Inventar un paisaje. Construir un mundo donde yo pudiera esconderme. Un campo de lirios. Un árbol grande. Un cielo sin grietas.

Pero esta vez… no funcionó.

Era como si las puertas de mi mente hubieran sido selladas desde dentro, dejándome atrapada con mi propio dolor.

Cada vez que Sarai me humillaba, cada vez que me daba una orden imposible, cada vez que me ignoraba como si yo fuera aire, intentaba escapar hacia adentro.

Pero no había adónde ir.

Mi mente, que siempre había sido mi refugio, ahora era un cuarto oscuro sin ventanas. Un lugar donde las paredes se cerraban. Un lugar donde no había fantasías, ni lirios, ni viento, ni sombra.

Por primera vez en mi vida, tuve que sentirlo todo.

El dolor. La humillación. La soledad. La sensación de ser menos que nada. La certeza de que mi vida no iba a cambiar. La idea de que mi destino era sufrir, y que no había salida.

Y eso… eso me quebró. Una vez más estaba quebrada..

EL COLAPSO

Una tarde, mientras hacía una tarea que Sarai me había hecho repetir tres veces, algo dentro de mí se rompió.

No fue un grito. No fue un golpe. No fue una palabra.

Fue un pensamiento.

Un pensamiento que cayó sobre mí como una piedra:

"Esto nunca va a cambiar."

Y cuando ese pensamiento entró, todo lo demás se derrumbó.

Mis manos temblaron. Mis piernas se aflojaron. Un zumbido llenó mis oídos, como si el mundo se estuviera apagando alrededor de mí.

Mi respiración se volvió un llanto. Un llanto que no pude detener. Un llanto que venía de años, de heridas antiguas, de ausencias, de silencios, de noches sin nombre.

Lloré como una niña. Como aquella bebé que un día tuvo un padre que la protegía y una madre que la amaba. Lloré por esa niña perdida. Lloré por mí. Lloré por lo que fui. Lloré por lo que nunca sería.

Y en ese llanto, en ese colapso, en esa mezcla de angustia y desesperación, algo dentro de mí gritó:

"¡No puedo más!"

LA HUIDA

No lo pensé. No lo planeé. No lo evalué.

Simplemente me levanté.

Mis manos apartaron la cortina de la tienda. Mis ojos, llenos de lágrimas, buscaron el horizonte. Mi cuerpo se movió antes que mi mente.

Y corrí.

Corrí como si mi nombre me empujara por detrás: Agar — la fugitiva.

Corrí como nunca había corrido.

Corrí como quien huye de un incendio. Como quien escapa de la muerte. Como quien busca aire después de estar demasiado tiempo bajo el agua.

Corrí sin mirar atrás. Corrí sin pensar en Abram. Sin pensar en Sarai. Sin pensar en el campamento. Sin pensar en nada.

Corrí como si cada paso fuera una oportunidad. Como si cada zancada fuera una esperanza. Como si el desierto pudiera darme lo que la vida me había negado.

Corrí porque era eso o morir por dentro.

Corrí porque ya no podía inventar otro mundo.

Corrí porque necesitaba uno real.

Y así por primera vez en mi vida estaba haciendo algo diferente: Correr…

Estaba yo corriendo. Hacia el desierto. Hacia lo desconocido. Hacia el único lugar donde todavía podía respirar.

LA HUIDA

CORRER PARA QUE EL ALMA ALCANCE AL CUERPO

Corrí.

Al principio, mis piernas se movían por instinto, como si mi cuerpo supiera antes que mi mente que quedarse era morir por dentro.

Pero pronto, muy pronto, algo más empezó a moverse conmigo.

Mi corazón.

Latía fuerte. Muy fuerte. Como si quisiera romper mi pecho para salir corriendo también. Como si él también estuviera huyendo.

Y mientras corría, mi mente comenzó a encenderse como una hoguera alimentada por años de dolor.

Cada paso era un recuerdo. Cada zancada era una herida. Cada respiración era un fragmento de mi historia.

Vi a mi padre. Vi a mi madre. Vi el palacio. Vi las manos que me entregaron. Vi las noches de soledad. Vi las humillaciones. Vi las miradas. Vi las órdenes. Vi la tienda. Vi el maltrato. Vi mi orgullo. Vi mi caída.

Todo pasaba rápido, como una película que alguien rebobina sin piedad.

Y ese dolor, en vez de detenerme, me impulsaba.

Era combustible. Era fuego. Era rabia. Era miedo. Era vida.

El sol golpeaba mi piel sin misericordia. El aire caliente entraba en mis pulmones como brasas, quemando cada intento de respirar. El aire era seco, áspero, como si quisiera arrancarme la respiración.

LA HUIDA

La arena quemaba mis pies. El viento me empujaba hacia atrás. El calor me envolvía como un manto de fuego.

Pero nada de eso me detuvo.

Porque por primera vez en mi vida, no estaba huyendo de alguien. Estaba huyendo hacia algo.

Hacia un lugar donde pudiera respirar. Hacia un lugar donde pudiera existir. Hacia un lugar donde mi alma no fuera un estorbo.

Pero el cuerpo… el cuerpo tiene límites.

Mis piernas comenzaron a temblar. Mi respiración se volvió un gemido. Mi garganta ardía. Mi visión se nublaba. Mi vientre pesaba. Mi espalda dolía.

Era demasiado. Demasiado para una mujer embarazada. Demasiado para una esclava cansada. Demasiado para un corazón roto.

Pero mis pensamientos estaban tan acelerados, tan desesperados, tan llenos de angustia, que no podía detenerme.

Y entonces lo vi.

Un destello. Una luz. Un brillo pequeño, lejano, pero real.

No sabía qué era. No sabía si era agua, o metal, o una ilusión del calor.

Pero lo vi. Y creí.

Era un destello pequeño, pero en mi estado parecía un faro, como si el desierto mismo me estuviera guiando hacia un juicio o una salvación.

Creí que era una señal. Creí que era un llamado. Creí que era un lugar donde podría caer sin romperme.

Y con lo último que me quedaba, con un arrebatón de fuerza que no sabía que tenía, corrí hacia esa luz.

Corrí como si mi vida dependiera de llegar. Corrí como si mi alma estuviera adelante esperándome. Corrí como si el desierto fuera un puente y no una tumba.

Cuando llegué, mis rodillas cedieron. Mis manos tocaron el suelo. Mi pecho buscó aire como quien busca vida.

Y allí estaba.

Una fuente. Un pozo. Estabas Tu. Lleno del Agua que necesitaba.

Agua en medio del desierto. Agua en medio de mi desesperación. Agua en medio de mi colapso.

Me dejé caer junto a la fuente, temblando, llorando, respirando como si acabara de nacer.

Y así terminó mi huida: yo… junto al agua… rota… agotada… pero viva.

LA VICTORIA QUE SABÍA A AGUA Y A ENGAÑO

Cuando llegué al pozo, no pensé. No razoné. No recé. Solo me lancé hacia el agua.

Mis manos temblorosas se hundieron en ella como si estuvieran tocando un milagro. La llevé a mi boca con desesperación, bebiendo como un animal que ha corrido demasiado, como un camello desbocado que por fin encuentra un oasis.

El agua tenía un sabor metálico, antiguo, como si hubiera estado esperando siglos para tocar mis labios.

LA HUIDA

El agua bajó por mi garganta como fuego apagado. Sentí cómo mi cuerpo la absorbía con avidez, cómo cada sorbo me devolvía un poco de vida, cómo mi piel ardiente se enfriaba cuando me la echaba en el rostro.

Y entonces… me reí.

Primero una risa pequeña, incrédula, como si no entendiera lo que estaba pasando.

Luego una carcajada. Una carcajada grande, libre, desbordada, como si estuviera celebrando una victoria inmensa.

Porque en ese instante, en ese primer minuto junto al agua, sentí algo que nunca había sentido:

victoria.

No una victoria real. No una victoria profunda. No una victoria que sana.

Una victoria de preso que escapa.

Una victoria que sabía a libertad… pero también a culpa.

Una victoria ilegal.

Una victoria robada.

Pero victoria al fin.

Me reí como quien rompe un silencio de años. Como quien por fin hace algo por sí misma. Como quien se atreve a desafiar un destino que parecía escrito en piedra.

Era una alegría superficial, pero era mía. Una chispa de felicidad robada al dolor. Un instante donde me sentí libre, aunque fuera solo por fuera.

LA HUIDA

Mientras el agua corría por mi rostro, mi respiración comenzó a calmarse. El temblor de mis manos disminuyó. Mi corazón dejó de golpear como un tambor de guerra. Mi cuerpo, agotado, empezó a bajar de revoluciones.

Y allí, en ese descenso, en ese retorno al ritmo normal, comencé a escucharme.

No mi risa. No mi respiración. No el agua.

Sino mi verdad.

Era mi conciencia que llega después del alivio… Como el ladrón que escapa de la prisión y de pronto se da cuenta de que ahora es “libre” … pero ilegalmente libre.

Así estaba yo.

Había escapado. Había corrido. Había roto mi silencio con acciones. Había hecho lo impensable.

Pero nada dentro de mí había sanado. Nada dentro de mí había cambiado. Nada dentro de mí había sido resuelto.

Solo había cambiado el escenario. No la herida. Era como si hubiera huido de una jaula para entrar en otra, más grande, más silenciosa, más mía.

Y esa conciencia cayó sobre mí como una sombra larga.

Porque ya no estaba inventando mundos en mi mente. Ahora estaba inventando mundos con mis acciones. Y eso… eso era más peligroso.

Era como si mi fantasía hubiera salido de mi cabeza y se hubiera convertido en decisiones reales, en caminos reales, en huida real.

Y por primera vez me pregunté:

¿Hasta dónde pueden llevarme mis pensamientos cuando no sé cómo manejar mi dolor?

Me quedé quieta. Muy quieta. Con el agua goteando de mi rostro, con el desierto respirando alrededor, con mi vientre latiendo suavemente bajo mi mano.

Y entendí algo que me asustó:

no estaba libre. Solo estaba lejos.

Y esa diferencia… esa diferencia era un abismo.

Capítulo 8

"EL ENCUENTRO"

La Voz del Mensajero en el Desierto

Me quedé junto al pozo, tirada en la arena húmeda, con el rostro aún mojado, con el corazón por fin en reposo.

No era paz. Era agotamiento. Era ese silencio que queda después de llorar demasiado.

Mi cuerpo estaba quieto, pero mi mente estaba abierta, como una esponja que absorbe todo lo que toca.

Sentía la brisa tibia. Sentía el aire arenoso. Sentía la sombra pequeña de un arbusto cercano. Sentía los rayos del sol filtrándose entre mis pestañas.

Era como si mis sentidos hubieran despertado todos al mismo tiempo.

Y en ese instante de contemplación, lo vi.

Vi a un hombre en el horizonte...

A lo lejos, entre la luz y la arena, venía un hombre caminando hacia mí.

No corría. No se apresuraba. No parecía perdido.

Caminaba con una seguridad que no había visto nunca.

No llevaba armadura, pero caminaba como un guerrero.

No llevaba corona, pero caminaba como un rey.

EL ENCUENTRO

No llevaba insignias, pero caminaba como alguien que no necesitaba demostrar nada.

Mientras más se acercaba, más intentaba yo entender quién era. El aire alrededor de él parecía ondular, como si el calor del desierto lo reconociera y se apartara a su paso.

Pero cuanto más pensaba, menos sentido tenía.

Hasta que me dije a mí misma:

"Estoy en un pozo. Debe venir por agua."

Y así, como siempre hacía, le resté importancia.

Porque yo había aprendido a creer que nadie venía por mí. Que nadie me buscaba. Que nadie me veía. Que yo había nacido para ser ignorada.

Así que bajé la mirada. No quería contacto visual. No quería otro rechazo. No quería otra herida.

Me hice pequeña. Invisible. Silenciosa.

Y el aire conspiro con el…

Y entonces… lo escuché.

La voz.

El sonido no entró por mis oídos; entró por mis huesos, como si mi propio cuerpo fuera el instrumento que esa Voz había elegido para resonar.

No era una voz humana. No era una voz común. No era una voz que se olvida.

Era una voz que retumbó en mi pecho como si hubiera estado esperando toda mi vida para oírla.

Una voz que tenía una frecuencia extraña, como si viniera de muy lejos y al mismo tiempo de muy dentro.

Una voz que hacía vibrar el aire. Una voz que parecía mover el agua del pozo. Una voz que tenía peso. Gloria. Fuerza.

Una voz que sonaba como trueno, pero no asustaba. Como fuego, pero no quemaba. Como viento fuerte, pero no empujaba.

Una voz que, si hubiera estado cerca un cedro, lo habría quebrado. Si hubiera estado cerca un bosque, lo habría desnudado.

Una voz que hacía temblar el desierto.

Y esa voz… esa voz pronunció mi nombre.

AGAR.

Mi nombre cayó sobre mí como agua fresca sobre una piedra caliente, quebrando algo que llevaba años endurecido.

No "sierva". No "esclava". No "egipcia". No "ella".

Mi nombre.

Mi nombre verdadero. Mi nombre completo. Mi nombre que casi nadie usaba.

Y luego, en un idioma que no conocía pero que entendí como si fuera mío desde siempre, me dijo:

"AGAR, SIERVA DE SARAI, ¿DE DÓNDE VIENES Y A DÓNDE VAS?"

Y cuando escuché esa pregunta, el mundo se detuvo.

El agua dejó de moverse. El viento dejó de soplar. El sol dejó de arder.

Incluso mi sombra pareció quedarse quieta, como si también estuviera escuchando.

Todo se quedó quieto.

Menos mi corazón.

Mi corazón… mi corazón se abrió.

Y así pase un segundo de mi vida como si fuera un día entero: con una Voz que me llamó por mi nombre en medio del desierto.

EL NOMBRE QUE ME DEVOLVIÓ EL ALMA

Cuando aquella Voz pronunció mi nombre, algo dentro de mí se detuvo.

No mis piernas. No mi respiración. No mi cuerpo.

Mi alma.

Fue como si una puerta que llevaba años cerrada se abriera de golpe.

AGAR.

Mi nombre. Mi nombre verdadero. Mi nombre completo. Mi nombre que casi nadie usaba. Mi nombre que había sido olvidado, enterrado, silenciado.

Y en el instante en que lo escuché, mi mente comenzó a correr más rápido que cuando huí del campamento.

En fracciones de segundo pensé:

¿Cómo conoce mi nombre? Si conoce mi nombre… ¿conoce mi historia? ¿conoce mi vida? ¿conoce a mis padres? ¿conoce mi dolor?

Porque llamarme por mi nombre no era solo conocimiento. Era intención.

Intención de acercarse. Intención de verme. Intención de reconocerme. Intención de tratarme como persona. Como mujer. Como ser humano.

Con una sola palabra, ese hombre me devolvió algo que yo había perdido hacía años:

mi identidad humana.

Y mientras yo trataba de entenderlo, él habló de nuevo.

"Sierva de Sarai"

Cuando escuché esas palabras, sentí que me atravesaban como una flecha.

No eran insulto. No eran desprecio. No eran humillación.

Eran verdad.

Verdad que dolía, pero verdad que me anclaba, como si esa frase fuera la cuerda que impedía que mi alma se deshiciera en el viento.

Una verdad que yo había tratado de escapar. Una verdad que yo había querido olvidar. Una verdad que yo había enterrado bajo fantasías, ilusiones, orgullo, huida.

Sierva de Sarai.

Primero me dio mi nombre. Luego me dio mi realidad.

Era como si me dijera:

"Sé quién eres. Sé quién fuiste. Sé de dónde vienes. Sé de lo que estás huyendo."

Y esa combinación —nombre y verdad— me acorraló.

No me dejó inventar historias. No me dejó escapar hacia adentro. No me dejó esconderme en fantasías.

Me dejó desnuda ante mí misma.

El tiempo fue detenido ante mí.

Estar frente a ese hombre era como estar en otra dimensión.

El tiempo no avanzaba. Pero tampoco se detenía. Era como si todo estuviera suspendido, como si el desierto entero contuviera la respiración.

Yo no sabía quién era él. Pero sabía que no era un hombre común.

Había algo en su presencia. Algo en su voz. Algo en su mirada.

Algo que no pertenecía a este mundo.

Y así surgió la pregunta que abrió mi pasado y mi futuro…

Y entonces, como si quisiera abrir mi alma en dos, me preguntó:

"¿De dónde vienes y a dónde vas?"

Al principio no entendí. Si sabía que era sierva de Sarai, entonces sabía de dónde venía. Sabía de qué huía. Sabía lo que había pasado.

¿Por qué preguntarlo?

Pero luego lo comprendí.

No me estaba preguntando por el camino. Me estaba preguntando por mi raíz. Por mi historia. Por mi identidad. Por mi destino. Por mi propósito.

Era como si me dijera:

"¿Quién eres realmente? ¿Y hacia dónde crees que vas?"

Y esa pregunta... esa pregunta desenterró un recuerdo que yo había guardado como un tesoro roto.

Sentí la pregunta entrar en mí como una luz fina que busca grietas para iluminar lo que uno intenta esconder.

El recuerdo de mi padre. El recuerdo de mi madre. El recuerdo de aquel mensajero de Dios que, según mi madre, le dijo a mi padre que yo sería grande. Una gran mujer.

Quizás ese hombre quería que recordara eso. Quizás no.

Pero lo recordé.

Y ese recuerdo, junto con mi nombre, junto con la verdad, junto con la pregunta, me abrió un espacio dentro del alma que yo creía muerto. Y fue cuando la pregunto se hizo como un llamado.

LA VERDAD EN MI BOCA Y EL CIELO HABLANDO

Después de escuchar mi nombre en aquella Voz, después de sentir cómo mi identidad regresaba a mí como un río que vuelve a su cauce, no me quedó otra opción que decir la verdad.

Respiré hondo. Muy hondo. Como quien se prepara para abrir una herida que ha estado escondida por años.

Y le dije:

"Huyo de delante de mi señora."

No lo dije con orgullo. No lo dije con rebeldía. No lo dije con vergüenza.

Lo dije con verdad.

La verdad salió de mi boca como un hilo de agua que por fin encuentra su cauce.

Porque aquel hombre —aquel ser— había despertado en mí algo que no sentía desde niña:

confianza.

No podía mentirle. No debía engañarlo. No quería ocultarle nada.

Había algo en él que me hacía sentir como cuando hablaba con mi padre, en esos recuerdos que guardo como tesoros rotos: una mezcla de temblor, de paz, de vulnerabilidad, de seguridad.

Era como si supiera que él no me haría daño. Como si supiera que él me amaba sin conocerme. Como si supiera que él había venido por mí.

Y entonces, cuando pensé que ya había dicho lo más difícil, él habló de nuevo, y me dijo:

"Vuélvete a tu señora, y ponte sumisa bajo su mano."

Mi corazón gritó por dentro:

¿Qué?

Pero mis pensamientos fueron más fuertes que mis emociones. Porque aquel hombre —aquel mensajero— no podía darme un mal consejo. No podía enviarme a un lugar de destrucción. No podía equivocarse.

Su autoridad no era humana. Su sabiduría no era terrenal. Su presencia no era de este mundo.

Y antes de que pudiera procesar esa orden, él siguió hablando.

Me dio una profecía... una palabra del futuro… el me dijo:

"Multiplicaré tanto tu descendencia, que no podrá ser contada por la multitud."

El aire alrededor de nosotros vibró, como si el desierto reconociera palabras que habían sido pronunciadas antes sobre otros hombres escogidos.

Cuando escuché eso, mi mente buscó desesperadamente dónde había oído esas palabras antes.

Y lo recordé.

En el campamento de Abram, las historias que contaban sobre su Dios, sobre cómo lo llamó desde tierras lejanas, sobre cómo le prometió una descendencia incontable.

Y entonces pensé:

"El Dios de Abram… me está hablando a mí."

A mí. A la esclava. A la extranjera. A la mujer rota. A la que huyó. A la que nadie veía.

A mí.

Y él siguió:

"He aquí que has concebido."

Mi corazón se detuvo.

¿Cómo lo sabía? ¿Cómo podía saber algo que ni siquiera se notaba en mi cuerpo? ¿Cómo podía ver lo que estaba dentro de mí?

Y luego:

"Darás a luz un hijo, y llamarás su nombre Ismael, porque YHWH ha oído tu aflicción."

EL ENCUENTRO

Cuando escuché ese Nombre... Ese Nombre que no puedo repetir, ese Nombre que no puedo pronunciar, ese Nombre que solo él puede decir... Fue como si el cielo se inclinara hacia mí, como si la arena bajo mis rodillas se volviera más suave, como si todo el universo hubiera dicho mi nombre al mismo tiempo y mi cuerpo no pudo sostenerse.

Caí.

Caí de rodillas. Caí con las manos extendidas sobre la arena. Caí con la frente contra el suelo caliente del desierto. Caí en adoración.

No caí por debilidad; caí porque mi alma reconoció a su Dueño antes que mi mente lo entendiera.

No porque me lo ordenara. No porque me intimidara. No porque me asustara.

Caí porque mi alma reconoció a su Creador.

No al mensajero. No al hombre. No a la figura.

Sino al Dios que lo envió.

Ese mensaje que me hizo más grande que un rey...

Cuando él dijo:

"YHWH ha oído tu aflicción"

algo dentro de mí se rompió y algo dentro de mí se reconstruyó al mismo tiempo.

Porque no solo me conocía. No solo sabía mi nombre. No solo sabía mi historia. No solo sabía mi dolor.

Me había escuchado.

A mí. A la esclava. A la invisible. A la que nadie defendía. A la que nadie nombraba. A la que nadie amaba.

Y no solo me escuchó. Me envió un mensajero. Un mensajero especial. Un mensajero con palabras de futuro. Con palabras de propósito. Con palabras que solo se le daban a los reyes.

Y allí, en ese instante, me sentí más grande que un rey.

Me sentí amada. Me sentí vista. Me sentí cuidada. Me sentí comprendida.

Y entonces, con la frente aún sobre la arena, con el corazón latiendo como si fuera a romperse, con el alma abierta como nunca antes,

le dije:

"Tú eres el Dios que me ve. El Dios que me comprende. El Dios que me entiende. El Dios que me ama."

Y al pozo, a ese lugar donde mi vida cambió, le puse nombre:

POZO DEL VIVIENTE QUE ME VE. POZO DEL VIVIENTE QUE ME COMPRENDE. POZO DEL VIVIENTE QUE ME ENTIENDE. POZO DEL VIVIENTE QUE ME AMA.

El viento sopló en ese instante, leve, como si el desierto mismo confirmara el nombre.

Y así en aquel día:

una esclava se convirtió en mujer, una mujer que se convirtió en alma, y un alma que fue vista por el Dios Viviente.

EL REGRESO

Regresé al campamento al amanecer del tercer día. No sé si alguien me vio llegar primero, o si fue el silencio del desierto el que anunció mi paso, pero cuando crucé entre las primeras tiendas, sentí todas las miradas sobre mí.

No eran miradas de juicio. Tampoco de burla. Era como si vieran una sombra conocida… pero con una luz nueva que no sabían explicar.

Eran miradas de sorpresa. De desconcierto. De algo que no sabían nombrar.

Porque yo había salido rota, vacía, desesperada, y regresaba llena.

Llena de una voz que aún ardía en mi pecho. Llena de una promesa que me sostenía los pasos. Llena de un nombre que me había sido devuelto. Llena de un amor que no venía de ningún hombre.

Abraham fue el primero en verme. Estaba de pie junto a la entrada de su tienda, hablando con uno de sus siervos. Cuando me vio, su rostro cambió. No fue alegría. No fue enojo. Fue un suspiro.

Un suspiro largo, profundo, como quien ve regresar algo que creía perdido para siempre.

Sarai estaba detrás de él. No me llamó. No se acercó. No dijo mi nombre. Pero también suspiró.

Y en ese suspiro, yo escuché algo que nunca había escuchado en ella:

reconocimiento.

No de mi valor. No de mi dolor. No de mi historia.

Sino de su parte en mi huida.

Caminé hacia ella sin dudar. No porque me sintiera menos, sino porque ya no necesitaba demostrar nada.

Me incliné. No como esclava.

Me incliné como quien sabe que su valor ya no depende de la mirada de nadie.

No como derrotada. Sino como quien elige la paz.

—Perdóname —le dije— por mi actitud. Estoy a tu disposición.

Ella no respondió. No sabía cómo. No tenía palabras para una mujer que había regresado distinta.

Y yo tampoco tenía intención de explicarle.

Lo que viví en el desierto no era para ellos. No era para ser contado, ni analizado, ni discutido.

Era un tesoro. Mi tesoro. Un secreto entre Él y yo. Un pozo que no permitiría que nadie pisoteara.

Me reincorporé a mis tareas. A moler el grano. A traer agua. A cuidar los animales. A servir la mesa.

Pero cada movimiento llevaba dentro el eco de aquella voz. Cada paso repetía la imagen del Mensajero que se acercó a mí. Cada respiración recordaba el lugar donde me había encontrado.

Y así pasaron los meses.

Mi vientre crecía. Mi esperanza también. No era un crecimiento silencioso. Era un crecimiento luminoso, como si cada día dentro de mí se formara no solo un hijo, sino una promesa.

EL ENCUENTRO

Yo sabía quién era. Sabía de dónde venía. Sabía hacia dónde iba.

Y aunque nadie más lo sabía, yo caminaba por el campamento como una mujer que había sido vista.

Capítulo 9

"EL PARTO"

La Danza Intensa del Dolor y la Alegría

El día del parto llegó sin anunciarse. No hubo señales extraordinarias, ni sueños, ni presagios. Solo un amanecer más, y un dolor que comenzó como un hilo fino y terminó convirtiéndose en una ola que me atravesaba entera.

El aire dentro de la tienda olía a tierra caliente y a sudor, como si el desierto mismo estuviera respirando conmigo.

Las mujeres del campamento se acercaron de inmediato. No me hablaban, pero me rodeaban con esa mezcla de urgencia y sabiduría que solo las mujeres conocen cuando una vida está por abrirse paso.

Sarai estaba allí. No tocó nada. No ayudó. No dio órdenes. Solo observaba.

Sus dedos se apretaban entre sí, tan fuerte que sus nudillos parecían querer romper la piel.

Y en su mirada había dos fuegos encendidos al mismo tiempo:

el fuego de la victoria —porque por fin, a través de mí, su esterilidad tendría un respiro—

y

el fuego de la derrota —porque sabía, aunque no lo dijera, que ese hijo no sería suyo, no del todo, no en lo profundo, no en lo que importa—.

EL PARTO

Yo sentía cada contracción como un desgarrón, como si mi cuerpo se abriera desde adentro para dejar salir algo más grande que el dolor. Pero junto al dolor, había otra cosa.

Una alegría primitiva. Una fuerza que no venía de mí. Una certeza que me sostenía.

Porque cada vez que el dolor me doblaba, yo escuchaba el eco de aquella voz en el desierto: "Multiplicaré tu descendencia." "Darás a luz un hijo." "Lo llamarás Ismael."

Y ese eco me hacía respirar.

Las mujeres me sostenían los brazos. Me daban agua. Me hablaban en voz baja. Yo apenas las escuchaba. Mi mundo era un círculo pequeño: mi cuerpo, mi hijo, mi promesa.

Sarai estaba de pie, inmóvil, como una estatua quebrada por dentro. Sus ojos seguían cada movimiento, cada gesto, cada sonido. No era crueldad. Era hambre. Hambre de algo que la vida le había negado.

Cuando llegó el momento final, sentí que mi cuerpo se partía en dos. Un grito se me escapó, no de miedo, sino de fuerza. De vida. De entrega.

Y entonces lo escuché.

Un llanto. Pequeño. Fuerte. Nuevo.

Ese sonido atravesó mi cuerpo como una luz que rompe la noche.

Las mujeres lo levantaron. Lo limpiaron. Lo envolvieron.

Y me lo pusieron en los brazos.

Mi hijo.

Mi hijo.

Mi hijo.

No había palabra más grande. No había verdad más profunda. No había identidad más luminosa.

Lo miré. Tenía los ojos cerrados, pero su rostro era una promesa. Una semilla. Un comienzo.

Sarai dio un paso hacia adelante. Solo uno. Y se detuvo.

En su rostro vi algo que nunca había visto: dolor y alivio al mismo tiempo. Como si ese niño fuera su victoria y su herida más profunda.

Abram llegó poco después. Entró en la tienda con pasos lentos, como quien teme interrumpir algo sagrado.

El olor del exterior —polvo, humo, lana— entró con él, mezclándose con el aroma tibio de mi hijo recién nacido.

Cuando vio al niño, sus ojos se iluminaron. No con sorpresa. No con duda.

Con orgullo.

Un hijo. Un varón. Un heredero.

Pero cuando me miró a mí, su expresión cambió. No era amor. No era ternura. Era algo más silencioso. Más complejo.

Era respeto.

Porque yo había dado a luz no solo a un hijo, sino a una promesa.

Y aunque nadie lo sabía, aunque nadie lo entendía, aunque nadie lo sospechaba siquiera, yo sabía que ese niño no era fruto del dolor, sino del encuentro.

Del encuentro que tuve en el desierto. Del encuentro que guardé como mi tesoro. Del encuentro que me devolvió el nombre.

Lo llamé Ismael.

Al pronunciar ese nombre, sentí que el aire dentro de la tienda se volvía más liviano, como si el cielo hubiera asentido.

Porque así me lo dijo Él. Porque así debía ser. Porque ese nombre era la marca de mi historia.

Y mientras lo sostenía, mientras su llanto se convertía en respiración, mientras su pequeño cuerpo se acomodaba sobre mi pecho,

supe que yo también había nacido ese día.

MI HIJO, ISMAEL

Los primeros años de Ismael fueron un regalo que nadie más entendió.

Su risa tenía un sonido particular, como campanas pequeñas golpeadas por el viento.

Mientras él crecía, yo aprendía a respirar de nuevo. Cada día que lo veía abrir los ojos, cada sonido que hacía, cada pequeño gesto, era una confirmación silenciosa de lo que el Mensajero me había dicho en el desierto.

Yo tenía un mensaje del futuro. Y ese mensaje me sostenía.

Pero en el campamento, las cosas no eran tan simples.

Sarai se esforzaba por convencerse a sí misma de que era la madre de mi hijo. Lo cargaba más de lo necesario. Lo paseaba entre las tiendas como si fuera un trofeo que demostraba que su esterilidad había sido vencida. Lo mostraba a las mujeres, lo acercaba a Abram, lo sostenía con una mezcla extraña de orgullo y desesperación.

Pero cuando Ismael tenía hambre, solo había un lugar donde él encontraba consuelo. Solo un cuerpo que podía alimentarlo. Solo un pecho que podía darle vida.

El mío.

Y cada vez que él se aferraba a mí, cada vez que su llanto se apagaba en mi piel, cada vez que su respiración se hacía lenta y profunda sobre mi pecho, yo escuchaba dentro de mí las palabras del Mensajero:

“Darás a luz un hijo.” “Lo llamarás Ismael.” “Él será…”

Y ese recuerdo me llenaba de una paz que nadie podía quitarme.

Porque alimentar a mi hijo no era solo una función del cuerpo. Era una declaración. Una verdad que no necesitaba ser dicha en voz alta:

Yo soy su madre.

Sarai lo sabía. Aunque nunca lo admitió. Aunque nunca lo dijo. Aunque nunca lo miró directamente.

Yo veía cómo se tensaban sus manos cuando él buscaba mi pecho. Cómo se le endurecía el rostro cuando él se dormía sobre mí. Cómo su mirada se apagaba cuando él me llamaba con sonidos que solo una madre entiende.

Ella lo cargaba. Ella lo vestía. Ella lo mostraba. Ella lo reclamaba.

Pero él me buscaba a mí. Como si su alma reconociera el lugar donde había sido escuchado antes de nacer.

Y eso era algo que ninguna costumbre, ninguna ley, ninguna tradición, ningún acuerdo podía cambiar.

Abraham, por su parte, miraba a Ismael con un orgullo silencioso. Lo levantaba en brazos. Le hablaba con voz grave. Lo llevaba a caminar entre los animales. Lo presentaba a los hombres del campamento como su hijo, su primogénito, su heredero.

Pero cuando me miraba a mí, había algo más. Algo que no decía. Algo que no sabía cómo nombrar.

Respeto. Quizás gratitud. Quizás culpa. Quizás las tres cosas juntas.

Y así pasaron los años.

Ismael creció entre tres mundos:

El mundo de Abram, que lo veía como su futuro.

El mundo de Sarai, que lo veía como su consuelo y su herida.

Y mi mundo, el único donde él era simplemente mi hijo.

Yo lo veía correr entre las tiendas, fuerte, rápido, seguro, como si el desierto lo hubiera adoptado desde el primer día.

Y cada vez que lo miraba, cada vez que su risa llenaba el campamento, cada vez que su sombra se alargaba sobre la arena, yo recordaba el pozo. Recordaba la voz. Recordaba el encuentro.

Y sabía que ese niño, mi niño, no era fruto del dolor, sino de la promesa.

LA NOCHE DEL PACTO

Ismael tenía trece años cuando ocurrió. Era ya un muchacho fuerte, rápido, inquieto, con la mirada de su padre y el corazón del desierto. Yo lo veía crecer como quien observa un árbol que sabe que será grande, aunque aún no lo parezca.

Aquella noche me desperté sin razón. No por un ruido. No por un sueño. Simplemente abrí los ojos y supe que debía salir de la tienda.

El campamento estaba en silencio. Las estrellas brillaban con una claridad que solo el desierto conoce. El aire era frío, pero no incómodo. Era un frío que olía a estrellas, a silencio, a algo que estaba por revelarse.

Era un frío que despertaba los sentidos.

Caminé unos pasos. Y entonces lo vi.

Abram estaba de pie, a lo lejos, hablando con alguien que no podía ver, pero cuya presencia llenaba el espacio como si la noche misma lo escuchara.

No era la primera vez que lo veía así. Pero esa noche, algo era distinto.

Porque yo ya sabía quién era.

Yo ya había escuchado esa voz. Yo ya había visto ese brillo. Yo ya había sentido ese peso en el aire. Yo ya había sido llamada por mi nombre.

Y al ver a Abram inclinarse, al ver cómo su rostro se iluminaba con un temor reverente, al ver cómo sus manos temblaban, entendí sin que nadie me lo explicara:

era el mismo Dios. El Dios del Mensajero. El Dios que me encontró junto al pozo. El Dios que me dio un nombre nuevo para mi hijo. El Dios que ve.

Me quedé allí un momento, en silencio, sin acercarme, sin interrumpir. No era mi conversación. No era mi pacto. Pero sí era mi Dios.

Y con esa certeza, regresé a mi tienda y me dormí en paz.

AL DÍA SIGUIENTE

Al amanecer, Abraham reunió a todo el campamento. Su voz tenía esa firmeza que solo aparece cuando un hombre ha escuchado algo que lo supera.

Nos miró uno por uno, como si quisiera asegurarse de que todos estábamos allí, de que nadie se perdería lo que estaba por decir.

—A partir de hoy —anunció— mi esposa no será llamada Sarai. Su nombre será Sara. Y mi nombre no será más Abram sino Abraham.

Un murmullo recorrió el campamento. Un nombre nuevo. Un destino nuevo. Una identidad nueva. Y en Ambos…

Y dentro de mí, sin que nadie lo oyera, dije:

Claro que es Él. El mismo Dios. El Dios que cambia nombres. El Dios que me dijo cómo llamar a mi hijo. El Dios que pone y quita. El Dios que ve.

Pero Abraham no había terminado.

Su rostro se endureció un poco, como quien debe decir algo difícil, pero necesario.

—Y ahora —continuó— todo varón será circuncidado. Es la señal del pacto entre Dios y nosotros.

EL PARTO

Sentí que el aire se me escapaba del pecho. No por mí. Por mi hijo.

Mi mano buscó instintivamente el lugar donde él dormía, como si pudiera protegerlo del futuro con un gesto.

Ismael.

Mi niño. Mi muchacho. Mi promesa.

El pensamiento del dolor que él sentiría me atravesó como una flecha. Lloré en silencio, sin que nadie lo notara. No por rebeldía. No por miedo. Por amor.

Pero junto al dolor, había otra cosa.

Una paz profunda. Una certeza que venía del desierto. Una voz que aún resonaba en mi memoria:

"Él será…"

Si ese Dios lo ordenaba, era por algo. Para algo. Hacia algo.

Yo había obedecido al Mensajero. Abraham obedecía al Dios del Mensajero. Y ahora Ismael obedecería también.

Ese mismo día, mi hijo fue circuncidado.

Lloró. Sí. Como lloran los muchachos valientes cuando el cuerpo se quiebra por un instante para abrir paso a un destino más grande.

Pero cuando lo abracé después, cuando su cabeza descansó en mi pecho, cuando su respiración se calmó, yo supe que no era un acto de dolor.

Era un sello. Una marca. Una señal.

Una puerta que se abría hacia un destino que yo no podía ver, pero que ya estaba escrito.

Y mientras lo sostenía, mientras su cuerpo temblaba por el cansancio, yo repetí en silencio:

"Tú eres Ismael. Dios te oyó antes de que nacieras. Y te seguirá oyendo."

LOS TRES VARONES

Aquel día comenzó como cualquier otro. El sol apenas había subido cuando ya estaba moliendo el grano, preparando la harina para el pan del día. Ismael, ya casi un hombre, corría entre las tiendas con la energía de sus trece años.

Yo estaba inclinada sobre la mesa de trabajo cuando escuché la voz de Abraham, una voz distinta, una voz que solo usaba cuando algo sagrado estaba ocurriendo.

Salí de la tienda para ver qué sucedía. Y allí estaban.

Tres varones.

El aire alrededor de ellos tenía un brillo leve, como si la luz del sol se inclinara para tocarlos.

No sé de dónde vinieron. No los vimos acercarse. No escuchamos pasos. Simplemente estaban allí, de pie frente a Abraham, como si hubieran surgido del mismo aire.

Abraham corrió hacia ellos. Corrió. El hombre más respetado del campamento, el patriarca, el jefe, el que nunca se apresuraba por nada...

corrió.

Y se inclinó hasta el suelo.

EL PARTO

Yo me quedé quieta, con las manos aún cubiertas de harina, mirando desde la sombra de la tienda.

No eran hombres comunes. No caminaban como los viajeros. No miraban como los comerciantes. No respiraban como los pastores.

Había algo en ellos… algo que yo reconocí de inmediato.

La misma presencia. La misma quietud. La misma autoridad silenciosa que había sentido en el desierto cuando el Mensajero me llamó por mi nombre.

Abraham habló rápido, con esa mezcla de urgencia y reverencia que solo él tenía:

—Señor mío, si he hallado gracia en tus ojos, no pases de tu siervo. Traeré agua… lavaréis vuestros pies… reposad bajo el árbol…

Y luego llamó a Sara.

A Sara, no a mí.

—¡Date prisa! —le dijo—. Toma tres medidas de flor de harina, amásalas y haz panes cocidos.

Yo escuché desde la entrada de la tienda. No me moví. No era mi lugar. No era mi orden. No era mi momento.

Pero mientras Sara amasaba la harina, yo la observaba. Sus manos temblaban un poco. No por cansancio. Por algo más profundo. Por algo que ella misma no sabía nombrar.

Yo preparé otras cosas: agua, utensilios, recipientes. No porque me lo pidieran, sino porque era mi deber como sierva.

Mientras trabajaba, escuchaba las voces afuera. No podía distinguir las palabras, pero sí el tono.

Era un tono que yo conocía. El tono del cielo hablando en voz baja.

Cuando salí con los recipientes, los tres varones estaban sentados bajo el árbol, y Abraham servía carne, leche y mantequilla como si estuviera atendiendo a reyes.

Yo me quedé a un lado, en silencio, sin ser vista, pero viendo todo.

Entonces uno de ellos habló:

—¿Dónde está Sara, tu mujer?

La pregunta cayó sobre el campamento como una piedra en un estanque: silenciosa, pero con ondas que alcanzaban cada tienda.

Sara estaba dentro de la tienda, escuchando. Siempre escuchando. Siempre esperando algo que nunca llegaba.

Abraham respondió:

—Está en la tienda.

Y entonces el varón dijo:

—De cierto volveré a ti… y Sara tendrá un hijo.

Yo sentí que el aire se detenía. No por sorpresa. No por incredulidad.

Por reconocimiento.

Era la misma voz. La misma autoridad. La misma certeza que me habló junto al pozo.

Sara rió. Una risa amarga. Una risa que decía: "Eso no es para mí."

Era la risa de una mujer que ha enterrado tantas esperanzas que ya no sabe cómo sostener una nueva.

Y yo la entendí. Porque yo también había reído así antes de que Él me encontrara.

Los varones se levantaron después, como si su visita hubiera sido solo un susurro en el tiempo. Abraham los acompañó unos pasos. Yo me quedé mirando desde lejos, con el corazón latiendo fuerte.

Sabía quiénes eran. Sabía qué significaba esa visita. Sabía que algo estaba por cambiar.

Y mientras guardaba los utensilios, mientras apagaba el fuego, mientras el campamento volvía a su rutina,

pensé:

"Él ha venido otra vez. Pero esta vez no vino por mí. Vino por ella."

Y aunque mi corazón se apretó un poco, no por envidia, sino por comprensión,

también sentí paz.

Porque el Dios que me vio en mi aflicción ahora había visto a Sara en la suya.

Y eso, aunque nadie lo sabía, era el principio del fin.

LA INTERCESIÓN

Cuando los tres varones se levantaron para irse, yo seguía cerca, recogiendo los restos de la comida, lavando los utensilios, haciendo lo que siempre hacía: servir en silencio y observar en silencio.

Abraham caminó con ellos un tramo, como era su costumbre con los huéspedes importantes. Pero esta vez había algo distinto en su postura. No caminaba como un anfitrión. Caminaba como un hombre que acompaña a reyes.

Yo los vi alejarse desde la distancia, con el sol cayendo sobre sus espaldas y el viento levantando un poco de arena a su paso.

Ismael estaba a mi lado, alto ya, fuerte, con esos trece años que parecían anunciar el hombre que sería. Cada vez que lo miraba, recordaba el pozo, la voz, la promesa.

Trece años. Trece años desde que Él me habló. Trece años desde que me llamó por mi nombre. Trece años desde que me dijo quién sería mi hijo.

Y cada año que pasaba, cada centímetro que Ismael crecía era un recordatorio silencioso de que Dios no olvida.

Abraham tenía noventa y nueve años. Lo veía caminar con pasos lentos, pero firmes, como si la edad no le pesara en los huesos, sino en la memoria.

Los tres varones se detuvieron. Abraham también. No podía escuchar todo lo que decían, pero sí veía sus gestos, sus miradas, la gravedad en el aire.

Algo estaba ocurriendo. Algo grande. Algo que no era para mis oídos, pero que mis ojos podían leer entre líneas.

Uno de los varones se quedó hablando con Abraham. Los otros dos siguieron su camino hacia el valle.

Yo avancé unos pasos, lo suficiente para ver, pero no para ser vista.

El rostro de Abraham cambió. Se tensó. Se entristeció. Se iluminó y se oscureció al mismo tiempo.

Y entonces lo escuché. No todo. Solo fragmentos. Palabras sueltas que el viento me traía.

"Sodoma..." "Clamor..." "Destrucción..."

Y luego la voz de Abraham, temblorosa, pero firme:

"¿Destruirás al justo con el impío...?"

Yo me quedé inmóvil. Nunca había escuchado a Abraham hablar así. No era súplica. No era miedo. Era algo más profundo: intercesión.

Como si estuviera peleando por alguien que amaba. Como si estuviera negociando con el cielo mismo.

El varón respondió. No escuché las palabras, pero sí el tono: un tono que yo conocía, un tono que había escuchado en el desierto, un tono que no dejaba dudas.

Era Él. El mismo. El Dios que me vio. El Dios que me habló. El Dios que me prometió a Ismael.

Abraham insistió. Una vez. Otra. Otra más.

Cincuenta. Cuarenta y cinco. Cuarenta. Treinta. Veinte. Diez.

El viento parecía detenerse cada vez que él hablaba, como si el desierto escuchara la negociación.

Yo no entendía todo, pero entendía lo suficiente:

Abraham estaba luchando por vidas que no eran suyas. Por ciudades que no eran suyas. Por gente que no era suya.

Y el Dios que me vio a mí lo escuchaba a él.

Cuando la conversación terminó, el varón se fue. Abraham regresó al campamento con los hombros cansados y los ojos llenos de un peso que no compartió con nadie.

Yo lo observé desde lejos. Vi cómo se detuvo un momento antes de entrar en su tienda, como si necesitara respirar para volver a ser el hombre que todos conocían.

Ismael se acercó a mí.

—¿Qué pasó? —me preguntó.

Lo miré. Mi hijo. Mi promesa. Mi futuro.

—Algo grande —le dije—. Algo que no entenderás hoy. Pero un día lo sabrás.

Y mientras él se alejaba, corriendo hacia los muchachos del campamento, yo me quedé mirando el horizonte.

Porque, aunque nadie lo sabía, aunque nadie lo sospechaba, aunque nadie lo preguntaba,

yo entendí algo que me atravesó el alma:

El Dios que me vio en mi aflicción también ve a las ciudades. También ve a los justos. También ve a los impíos. También ve el clamor.

Y esa noche, mientras el campamento dormía, yo recordé mi propio encuentro, mi propio clamor, mi propio pozo.

Y supe que el Dios que escucha no cambia.

EL DIOS QUE ARRASA

La noticia llegó al campamento tres días después. No por Abraham. No por Sara. No por mensajeros oficiales.

EL PARTO

Llegó por donde siempre llegan las noticias que nadie quiere decir en voz alta:

por las mujeres.

Yo estaba moliendo grano cuando escuché los susurros. Primero tímidos, como si las palabras quemaran en la boca. Luego más fuertes, como si el miedo necesitara salir para no ahogar a quien lo cargaba.

—Dicen que Sodoma ya no existe... —Que Gomorra fue tragada por fuego... —Que el valle entero huele a azufre... —Que no quedó nada... —Nada...

Las mujeres hablaban entre ellas, pero cada frase era un golpe en el aire. Los pastores de Abraham habían regresado esa mañana, y sus rostros lo decían todo antes de que sus palabras lo confirmaran.

Yo me acerqué despacio, sin interrumpir, sin mostrar demasiado interés. Una sierva aprende a escuchar sin ser vista.

—Dicen que el fuego cayó del cielo —susurró una. —Dicen que fue el Dios de Abraham —añadió otra. —Dicen que Él mismo lo decidió —remató una tercera.

Sentí un escalofrío recorrerme la espalda. No por la noticia. Por el reconocimiento.

El Dios que me habló en el desierto. El Dios que me vio llorar junto al pozo. El Dios que me prometió a Ismael. El Dios que escuchó mi clamor...

ese mismo Dios había destruido ciudades enteras.

Me quedé quieta, con las manos sobre la harina, mirando un punto fijo en la arena.

El olor a harina en mis manos se mezcló con un aroma imaginado a humo lejano, como si mi cuerpo entendiera antes que mi mente.

No era miedo. No exactamente. Era algo más profundo. Algo que no sabía nombrar entonces, pero que ahora, con los años, puedo decir con claridad:

Reverencia y temor.

Porque entendí algo que nadie me había explicado:

El Dios que ve también juzga. El Dios que escucha también responde. El Dios que promete también exige. El Dios que salva también arrasa.

Y ese pensamiento me atravesó el alma.

Ismael tenía trece años. Cada vez que lo miraba, recordaba la promesa. Recordaba la voz. Recordaba el Mensajero.

Pero ahora, al escuchar sobre Sodoma, entendí algo más:

El Dios que me prometió un futuro también podía quitarlo todo en un instante.

No por capricho. No por crueldad. Sino porque Él era Dios. Dios de verdad. Dios todopoderoso. Dios que no se ajusta a la cultura, ni a la moral humana, ni a los límites del entendimiento.

Dios que siente. Dios que se duele. Dios que se indigna. Dios que actúa.

Esa tarde, mientras el campamento murmuraba, mientras las mujeres repetían historias, mientras los hombres hablaban en voz baja, yo me quedé en silencio.

Miré a Ismael correr entre las tiendas, fuerte, rápido, vivo.

Y pensé:

"El Dios que destruyó Sodoma es el mismo que me vio a mí. El mismo que oyó mi clamor. El mismo que prometió a mi hijo un futuro."

Y por primera vez en mi vida, sentí algo que no había sentido ni siquiera en el desierto: temor santo.

No miedo. No terror. No angustia.

Temor santo. Un temblor suave que no nace del miedo, sino del reconocimiento de estar frente a un Dios que no cabe en palabras.

Ese temblor suave que nace cuando uno entiende que está tratando con un Dios real, vivo, poderoso, y profundamente sensible al comportamiento humano.

Y esa noche, mientras el campamento dormía, mientras el viento traía un olor lejano a humo, mientras el cielo parecía más oscuro que de costumbre,

yo recé en silencio.

No para pedir. No para reclamar. No para exigir.

Solo para decir:

"Tú me viste. Tú me oíste. Tú me prometiste. Y yo te temo. Y yo te creo."

EL DIOS QUE CIERRA Y ABRE

No sé cuántos años habían pasado desde que el Mensajero me habló en el desierto. Quizás catorce. Quizás un poco más. Ismael ya era un muchacho alto, con la fuerza de un joven y la mirada inquieta de quien está descubriendo el mundo.

Abraham tenía noventa y nueve años. Su cuerpo era viejo, pero su espíritu no. Había en él una energía que no venía de la edad, sino del pacto.

Un día, sin aviso, Abraham ordenó que levantáramos el campamento. No explicó por qué. No dijo adónde íbamos. Solo dijo:

—Nos movemos hacia Gerar.

Y cuando Abraham hablaba así, nadie preguntaba.

Yo recogí mis cosas, como siempre. Ismael me ayudó, como siempre. Sara caminaba en silencio, como casi siempre.

Pero había algo en su rostro… una tensión, una sombra, una inquietud que no sabía esconder.

Llegamos a Gerar. Un lugar extraño, ni hostil ni amable, solo… distinto.

Y entonces ocurrió.

Abimelec, el rey del lugar, vio a Sara.

Y la tomó.

Así. Sin más. Como si fuera costumbre. Como si fuera derecho. Como si fuera nada.

Yo lo vi. Yo vi cómo la escoltaban fuera del campamento. Vi cómo Abraham bajó la mirada. Vi cómo Sara no dijo palabra.

Y dentro de mí, algo se quebró.

No por celos. No por rivalidad. No por competencia.

Por reconocimiento.

Porque yo sabía lo que era ser tomada. Sabía lo que era no tener voz. Sabía lo que era que tu cuerpo fuera decisión de otros.

Esa noche, el campamento estaba inquieto. Los hombres murmuraban. Las mujeres especulaban. Ismael me preguntó qué estaba pasando.

No supe qué decirle.

Pero Abraham... Abraham estaba distinto. No comió. No habló. No durmió.

Caminaba de un lado a otro, como un hombre que espera un juicio.

Y yo lo observaba desde lejos, sin acercarme, sin interrumpir, sin preguntar.

Porque había algo en su rostro que yo había visto antes.

Lo vi en mí cuando el Mensajero me habló junto al pozo. Lo vi en él cuando intercedió por Sodoma.

Era el rostro de alguien que sabe que Dios está a punto de intervenir.

Y así fue.

A la mañana siguiente, Abimelec regresó a Sara. No la tocó. No la dañó. No la humilló.

La devolvió.

Con regalos. Con disculpas. Con temor.

Y dijo algo que nunca olvidaré:

—Tu Dios me habló esta noche.

Yo sentí un escalofrío. No por sorpresa. Por reconocimiento.

El mismo Dios. El Dios del Mensajero. El Dios que me vio. El Dios que escucha. El Dios que juzga. El Dios que destruyó Sodoma. El Dios que protege a Sara.

Ese Dios había cerrado los vientres de la casa de Abimelec. Ese Dios había detenido la mano del rey. Ese Dios había devuelto a Sara intacta.

Y mientras las mujeres del campamento murmuraban, mientras los hombres comentaban la restitución, mientras Sara guardaba silencio, yo entendí algo que me atravesó el alma:

El Dios que me vio a mí también la vio a ella.

El Dios que me prometió a Ismael también estaba preparando el camino para Isaac.

El Dios que me llamó por mi nombre también estaba a punto de llamar por nombre al hijo de Sara.

Y esa noche, mientras el campamento dormía, mientras el viento soplaba entre las tiendas, mientras Ismael respiraba profundamente a mi lado,

yo pensé:

“Él cierra. Él abre. Él toma. Él devuelve. Él juzga. Él salva. Él ve.”

Y supe que algo grande estaba por venir.

EL CAMBIO EN SARA

EL PARTO

Los días después de nuestra estancia en Gerar fueron extraños. No por el viaje, ni por el clima, ni por el movimiento del campamento. Sino por Sara.

Había algo distinto en ella. Algo que no sabía nombrar al principio, pero que mis ojos, acostumbrados a leer silencios, no podían ignorar.

Desde que Abraham anunció que su nombre ya no sería Sarai, sino Sara, yo había notado un cambio leve, como una luz que se enciende detrás de una cortina. Pero después de Gerar… esa luz comenzó a crecer.

Sara caminaba diferente. No más encorvada por la amargura. No más rígida por la frustración. No más tensa por la esterilidad.

Sus pasos eran más firmes. Su espalda más recta. Su mirada más viva.

Y su rostro… su rostro parecía más joven.

No joven como una muchacha, sino joven como una mujer que ha sido renovada por dentro. Como si el cambio de nombre hubiera sido también un cambio de destino, un cambio de cuerpo, un cambio de alma.

Yo la observaba desde lejos, sin invadir, sin preguntar, sin molestar.

Porque entre mujeres, hay cosas que se entienden sin palabras.

La amargura que a veces se escapaba de sus labios se fue apagando poco a poco, como un fuego que se queda sin leña. Y en su lugar, apareció algo que yo nunca había visto en ella:

alegría.

Una alegría tímida, casi escondida, como si temiera romperse si la mostraba demasiado.

EL PARTO

Yo sospechaba. No por intuición. Por experiencia.

Un día, mientras molía grano, la vi detenerse a mitad del camino. Se llevó la mano al vientre con un gesto que yo conocía demasiado bien.

Sus dedos temblaron apenas, como si su cuerpo supiera antes que ella que algo nuevo estaba comenzando.

Ese gesto. Ese toque. Esa caricia instintiva que una mujer hace cuando siente vida dentro de sí.

Mi corazón dio un salto. No de envidia. No de dolor. No de celos.

De alegría.

Porque si el Dios que me encontró en el desierto, si el Dios que me habló junto al pozo, si el Dios que me prometió a Ismael, si el Dios que me vio llorar…

también podía hacer que una anciana estéril concibiera y diera a luz…

entonces ese Dios era más grande de lo que yo había imaginado.

Más poderoso. Más profundo. Más misterioso. Más cercano.

Me quedé mirándola un momento, sin que ella lo notara. Y dentro de mí, sin decirlo en voz alta, pensé:

"Él también la vio a ella."

Y esa certeza, esa comprensión, esa revelación silenciosa, me llenó de una paz que no esperaba.

Porque entendí algo que cambió mi corazón:

EL PARTO

El Dios que me prometió un hijo no era solo el Dios de las esclavas. También era el Dios de las mujeres libres. El Dios de las ancianas. El Dios de las estériles. El Dios de las imposibilidades.

El Dios que ve.

Y mientras Sara seguía caminando, tocándose el vientre con esa mezcla de miedo y esperanza, yo sonreí.

Porque sabía que algo grande estaba por venir. Algo que cambiaría el campamento. Algo que cambiaría la historia. Algo que cambiaría mi vida y la de mi hijo.

Y aunque nadie me lo dijo, aunque nadie lo anunció, aunque nadie lo confesó,

yo supe:

Sara estaba embarazada.

Y en ese instante, sentí que el cielo había abierto dos caminos: uno para ella… y uno para mí.

Capítulo 10

"EL HIJO HEREDERO"

El Nacimiento del Hijo Prometido

El día que Isaac nació, el campamento entero despertó con un aire distinto. No sé explicarlo. No fue un sonido. No fue un anuncio. Fue... una vibración. Como si la tierra misma supiera que algo estaba por romperse y nacer.

Yo estaba moliendo grano, como siempre, cuando escuché el primer grito.

El aire dentro de la tienda vibró, como si el desierto reconociera ese sonido y lo devolviera amplificado.

No era un grito de dolor común. Era un grito profundo, antiguo, como el de una mujer que ha esperado toda una vida para sentir lo que estaba sintiendo.

Sara.

Me quedé quieta, con las manos suspendidas sobre la harina. No por sorpresa. Por reconocimiento.

Porque yo conocía ese sonido. Yo había gritado así. Yo había sentido ese desgarro. Yo había vivido esa mezcla de dolor y gloria cuando Ismael salió de mi cuerpo y me convirtió en madre.

Las mujeres corrieron hacia la tienda de Sara. Yo no fui. No era mi lugar. No era mi espacio. No era mi historia.

Pero me quedé cerca, lo suficientemente cerca para escuchar, lo suficientemente lejos para no ser vista.

EL HIJO HEREDERO

Los gritos se hicieron más intensos. Luego más cortos. Luego más profundos. Y después… un silencio breve, como un suspiro del cielo.

Y entonces lo escuché.

Un llanto.

Ese llanto atravesó el campamento como una flecha de luz, rompiendo años de silencio en el vientre de Sara.

Pequeño. Nuevo. Frágil. Pero lleno de vida.

El llanto de un niño.

El llanto de Isaac.

Sentí que algo dentro de mí se movía. No era envidia. No era dolor. No era celos.

Era… asombro.

Porque yo sabía lo que ese llanto significaba. Sabía lo que ese nacimiento representaba. Sabía que ese niño no era solo un hijo. Era una promesa. Una palabra hecha carne. Un milagro que había tardado décadas en llegar.

Las mujeres salieron de la tienda con los ojos brillantes. Algunas lloraban. Otras reían. Otras murmuraban bendiciones.

Yo me quedé quieta, mirando desde la sombra, como siempre.

Y entonces la vi.

Sara salió de la tienda, sostenida por dos mujeres, pero con el rostro iluminado como nunca antes la había visto.

Tenía al niño en brazos.

EL HIJO HEREDERO

Sus manos temblaban apenas, como si sostuvieran no solo a un hijo, sino a una promesa que había esperado demasiado tiempo.

Lo miraba como si fuera la primera luz del mundo. Como si todo su dolor, toda su espera, toda su amargura, toda su esterilidad, hubieran sido borradas en un instante.

Y entendí.

El Dios que me vio en el desierto también la había visto a ella. El Dios que me prometió a Ismael también le había prometido a ella un hijo. El Dios que me dio un futuro también le había dado a ella un comienzo.

Abraham llegó poco después. Sus ojos se llenaron de lágrimas. No de tristeza. De algo más profundo. De algo que solo un hombre de cien años puede sentir al ver un milagro en sus brazos.

Lo levantó. Lo besó.

El sonido de su beso fue suave, pero cargado de un peso que solo los hombres que han esperado un siglo pueden comprender.

Lo llamó por su nombre.

Isaac. Risa. Alegría. Promesa cumplida.

Ismael estaba a mi lado. Tenía catorce años. Alto. Fuerte. Hermoso. Mi hijo. Mi promesa.

Lo miré. Y mientras él observaba al recién nacido con curiosidad, yo sentí algo que no esperaba:

paz.

Una paz tibia, como agua que corre sobre una piedra cansada.

Porque entendí que el nacimiento de Isaac no borraba la promesa de Ismael. No la anulaba. No la disminuía.

El Dios que abre vientres no cierra destinos.

Y mientras el campamento celebraba, mientras las mujeres cantaban, mientras Abraham reía, mientras Sara lloraba de alegría,

yo me quedé en silencio, con el corazón lleno.

Porque sabía que ese día no solo había nacido Isaac.

Ese día había nacido el comienzo del fin.

Pero también el comienzo de algo más grande que ninguno de nosotros podía imaginar.

LA SEÑAL EN LA CARNE

El día que Isaac fue circuncidado, el campamento entero se movió con una solemnidad distinta. No era fiesta. No era duelo. Era algo entre ambos: una mezcla de alegría y temor, de celebración y reverencia.

Yo sabía lo que iba a ocurrir.

El campamento olía a humo de leña y a aceite fresco, como si la tierra misma se preparara para un acto sagrado.

Lo había visto antes. Lo había vivido antes. Lo había sentido en mi propio hijo.

Ismael tenía catorce años cuando fue circuncidado. Aún recuerdo su rostro, la mezcla de valentía y dolor, la forma en que apretó mis manos, la manera en que su respiración tembló cuando Abraham cumplió la orden del Dios que nos había hablado.

Ese día, mientras preparaba agua y telas limpias, miré a Isaac, tan pequeño, tan frágil, tan nuevo en el mundo.

Y pensé:

"Él también llevará la marca."

La marca del pacto. La marca del Dios que me vio. La marca del Dios que escucha. La marca del Dios que exige. La marca del Dios que promete.

Abraham salió de su tienda con Isaac en brazos. Sus manos temblaban un poco, pero no por miedo. Por reverencia.

Sara caminaba detrás de él, con el rostro tenso, pero con los ojos llenos de una luz que no había tenido nunca. Era la luz de una madre que sabe que su hijo está entrando en un destino más grande que ella misma.

Yo me quedé a un lado, como siempre, sin intervenir, sin acercarme, pero viendo todo.

Abraham realizó el rito.

El silencio que siguió fue tan profundo que parecía un sello invisible cayendo sobre la historia.

No escuché el llanto del niño, pero sí vi el gesto de Sara, la forma en que apretó los labios, la manera en que sus manos se cerraron sobre su manto.

Cuando todo terminó, Abraham entregó a Isaac a su madre. Ella lo tomó con una mezcla de orgullo y dolor, como si ese pequeño corte fuera también un corte en su propia alma.

Yo regresé a mi tienda. Ismael estaba allí, sentado, limpiando una cuerda de arco, como si nada importante estuviera ocurriendo.

Pero yo sabía que él recordaba. Lo vi en sus ojos.

Me senté a su lado.

—Hoy Isaac recibió la señal —le dije.

Él asintió, sin dejar de trabajar.

—Como yo —respondió.

Su voz tenía un matiz que no era orgullo ni dolor, sino memoria.

—Sí —dije—. Como tú.

Guardé silencio un momento. Luego añadí:

—Esa señal no es solo un rito. Es una marca. Una puerta. Una manera de decirle a ese Dios que tú le perteneces y que Él te escucha.

Ismael levantó la mirada. Sus ojos tenían la profundidad del desierto.

—¿Y cuando yo tenga hijos? —preguntó.

Mi corazón se llenó. No de nostalgia. De esperanza.

—Cuando tengas hijos —le dije— tú también los circuncidarás. Porque esa señal no es solo para ti. Es para tu descendencia. Para los que vendrán después. Para que ellos también puedan hablar con ese Dios que te escuchó antes de que nacieras.

Ismael guardó silencio. Pero su silencio no era vacío. Era un silencio que pensaba. Que entendía. Que recibía.

Yo lo miré, mi hijo, mi promesa, mi futuro.

Y dentro de mí, sin decirlo en voz alta, pensé:

“La marca está en su carne, pero el pacto está en su destino.”

Esa tarde, mientras el campamento se calmaba, mientras Isaac dormía en brazos de Sara, mientras Abraham meditaba en silencio, yo sentí algo que no había sentido desde el pozo:

certeza.

El Dios que me vio seguía escribiendo historias en la carne de los hombres. Historias que no podían borrarse. Historias que pasarían de padre a hijo, de hijo a nieto, de generación en generación.

Y supe que Ismael, mi hijo, mi muchacho, mi promesa,

también llevaría esa historia a donde el desierto lo llamara.

LA FIESTA DEL DESTETE

El día de la fiesta del destete de Isaac, el campamento entero se llenó de movimiento.

El aroma del pan recién horneado se mezclaba con el olor dulce de la carne asada, creando un aire de celebración que se sentía incluso antes de escuchar las risas.

Abraham había ordenado preparar un gran banquete, y cuando Abraham ordenaba algo así, todos sabíamos que era un día importante.

Isaac tenía dos, quizá tres años. Un niño pequeño, frágil todavía, pero lleno de esa luz que solo tienen los hijos deseados. Caminaba torpemente, balbuceaba palabras, reía con facilidad.

Y todos lo celebraban.

Todos.

Menos uno.

Ismael.

Mi hijo tenía dieciséis o diecisiete años. Un joven fuerte, alto, con los músculos ya formados por el trabajo del desierto, con la mirada inquieta de quien quiere comerse el mundo. Era rápido, ágil, valiente, y a veces… demasiado seguro de sí mismo.

Lo vi desde lejos. Vi cómo observaba a Isaac. Vi cómo fruncía el ceño. Vi cómo apretaba la mandíbula.

Y entendí.

Era la mirada de un joven que ve cómo el mundo se reorganiza sin pedirle permiso.

No era odio. No era maldad. Era algo más profundo:

desplazamiento.

Por primera vez en su vida, Ismael no era el centro. No era el único hijo. No era el heredero. No era el futuro.

Era… el mayor. El anterior. El que vino antes del milagro.

Y eso, para un joven lleno de fuerza, era difícil de aceptar.

Mientras los hombres reían, mientras las mujeres cantaban, mientras Abraham levantaba a Isaac en brazos, yo vi a Ismael hacer un gesto.

Una risa. Una burla. Un comentario que no escuché, pero cuyo tono reconocí.

Era la risa de un joven que se siente superior. La risa de quien mira a un niño pequeño y piensa: "¿Este? ¿Este es el heredero?"

Mi corazón se apretó.

No por Isaac. No por Sara. Por Ismael.

Porque sabía que esa risa, esa burla, esa actitud, no era un juego.

Era un presagio.

Me acerqué a él. No con enojo. No con gritos. Con la autoridad que solo una madre que ha visto a Dios puede tener.

—Ismael —le dije—. No hagas eso.

Él me miró, con esa mezcla de orgullo y confusión que solo tienen los jóvenes.

—Solo estaba jugando —respondió.

—No —le dije suavemente—. No estabas jugando. Estabas burlándote. Y eso no está bien.

Mi voz tembló apenas, no por miedo, sino por el peso de lo que sabía que venía.

Él frunció el ceño.

—¿Por qué? Es solo un niño.

—Porque ese niño —le dije— también es hijo del Dios que te escuchó a ti. Del Dios que me habló en el desierto. Del Dios que te prometió un futuro. Del Dios que te dio un nombre antes de que nacieras.

Ismael bajó la mirada.

Su sombra se alargó sobre la arena, como si su corazón hubiera envejecido un año en un solo instante.

No por vergüenza. Por comprensión.

—Tú llevas la marca del pacto —continué—. Y un día, cuando tengas hijos, tú también los circuncidarás. Porque esa marca no es solo tuya. Es de tu descendencia. Es de tu historia. Es de tu destino.

Él respiró hondo. Su pecho se movió con la fuerza de un joven que está aprendiendo a ser hombre.

—Isaac no es tu enemigo —le dije—. Ni tu reemplazo. Ni tu sombra. Él es parte del plan de ese Dios que te escuchó a ti primero.

Ismael levantó la mirada. Sus ojos tenían un brillo que no era enojo. Era… dolor. Y detrás del dolor, entendimiento.

Lo abracé. No como una sierva. No como una rival. Como una madre.

Y mientras lo sostenía, mientras la fiesta seguía a nuestro alrededor, mientras Isaac reía en brazos de Abraham, yo supe algo que me atravesó el alma:

El conflicto había comenzado. Y nada podría detener lo que venía.

Pero también supe otra cosa, una certeza amarga y luminosa al mismo tiempo: el Dios que me vio no abandona a los hijos de la promesa, aunque sus caminos se separen.

El Dios que me vio en el desierto seguiría viendo a mi hijo en todo lo que estaba por venir.

Capítulo 11

"LA DESPEDIDA"

El Día que Salimos del Campamento

La fiesta del destete había terminado hacía horas. El campamento estaba en silencio, pero no era un silencio de paz. Era un silencio tenso, como el aire antes de una tormenta.

Yo estaba guardando las últimas vasijas cuando escuché el sonido que no quería escuchar:

la voz de Sara.

No era un grito. No era un llanto. Era peor.

Era ese tono frío, afilado, que solo usaba cuando algo dentro de ella se había roto o encendido.

Me escondí detrás de la tela de mi tienda, no por cobardía, sino porque sabía que esa conversación no era para mis oídos.

Pero aun así… la escuché.

—¡Echa a esa sierva y a su hijo!

El aire dentro de la tienda se volvió espeso, como si incluso el viento se negara a mover esas palabras.

Mi corazón se detuvo.

No dijo mi nombre. No dijo "Agar". Dijo "esa sierva".

Como si yo fuera un objeto. Como si yo fuera un estorbo. Como si yo fuera una sombra. Y luego añadió algo que me atravesó el alma:

—Porque el hijo de esa sierva no ha de heredar con mi hijo Isaac.

Sentí que el mundo se me encogía. No por mí. Por Ismael.

Mi hijo. Mi muchacho. Mi promesa.

Escuché a Abraham responder. Su voz estaba rota. No era enojo. Era dolor.

—Sara… no pidas eso…

Hubo un silencio largo. Un silencio que dolía.

Un silencio que decía más que las palabras.

Ese silencio cayó sobre mí como una piedra, recordándome que a veces el amor no sabe cómo defender.

Yo sabía lo que ese silencio significaba.

Abraham estaba dividido. Entre su esposa y su hijo. Entre su deber y su corazón. Entre su promesa y mi promesa.

Y yo… yo estaba en medio, sin poder moverme, sin poder hablar, sin poder defenderme.

Como aquella vez en Egipto. Como aquella vez en el desierto. Como tantas veces antes.

La noche avanzó. Las voces se apagaron. Las sombras se alargaron.

Yo regresé a mi tienda, pero no pude dormir.

Ismael dormía profundamente, ajeno a todo, con la tranquilidad de un joven que no sabe que su mundo está a punto de cambiar.

Lo miré largo rato. Su pecho subía y bajaba. Su rostro estaba relajado. Su mano descansaba sobre su arco.

Ese arco, símbolo de su fuerza futura, parecía tan frágil como él en ese momento.

Y yo… yo sentí algo que no sentía desde hacía años:

miedo.

Un miedo antiguo. Un miedo que conocía demasiado bien. Un miedo que creía haber dejado atrás cuando el Mensajero me habló junto al pozo.

Me acosté a su lado, pero el sueño no vino.

Mi mente corría. Mi corazón temblaba. Mi alma se encogía.

Pensé en Sara. Pensé en Abraham. Pensé en Isaac. Pensé en Ismael.

Y pensé en Él.

En el Dios que me vio. En el Dios que me escuchó. En el Dios que me prometió. En el Dios que me salvó.

Pero esa noche… ese Dios parecía lejos.

No porque Él se hubiera ido. Sino porque el miedo me hacía sentir como si yo estuviera volviendo al desierto, a la soledad, a la incertidumbre.

Me cubrí con mi manto y cerré los ojos.

Y en la oscuridad, con el corazón latiendo fuerte, solo pude decir en silencio:

"Si me ves… si aún me ves… no me abandones ahora."

Y así me dormí. No en paz. No en calma. Sino en esa mezcla amarga de duda y esperanza que solo conocen los que han sido salvados una vez y temen volver a caer.

LA MAÑANA DEL NOMBRE

La mañana después de la fiesta del destete amaneció como cualquier otra. El sol apenas tocaba las tiendas, los animales despertaban, las mujeres comenzaban sus tareas, y yo... yo intentaba convencerme de que la noche anterior había sido solo un mal sueño.

Me levanté temprano, como siempre. Fui por agua. Encendí el fuego. Molí el grano. Ordené la tienda. Todo igual. Todo normal.

Pero dentro de mí, algo no estaba en su lugar.

Había un peso en el aire. Un silencio extraño. Una sensación que no sabía nombrar, pero que mi cuerpo reconocía.

Y entonces lo escuché.

Mi nombre.

"Agar."

No "sierva". No "tú". No "ella". Mi nombre.

La voz de Abraham.

Su voz tenía un temblor leve, como si cada sílaba pesara más de lo que podía cargar.

Mi corazón se aceleró. No porque fuera un llamado amable. Sino porque Abraham casi nunca me llamaba así. Cuando él pronunciaba mi nombre, era porque algo grande, algo serio, algo irrevocable estaba por ocurrir.

Me giré lentamente. Y lo vi.

Abraham venía hacia mí. Pero no venía solo.

A su lado estaba Ismael. Mi hijo. Mi muchacho. Mi promesa.

Y en las manos de Abraham… un odre y pan.

Un odre de piel. Flexible. Lleno de agua.

El mismo tipo de recipiente que yo llevaba cuando huí al desierto diecisiete años atrás.

Mi respiración se detuvo.

Abraham se acercó. Su rostro estaba tenso, pero no duro. Había dolor en sus ojos. Dolor verdadero. Dolor de padre. Dolor de hombre dividido.

Se detuvo frente a mí. Me miró. Y por un instante, vi en él al mismo hombre que me había recibido cuando regresé embarazada, al mismo hombre que había circuncidado a mi hijo, al mismo hombre que había intercedido por Sodoma.

Pero ahora… ahora venía con una orden.

Una orden que no era suya. Una orden que venía de más arriba.

Me extendió el odre.

El cuero del odre estaba tibio por el sol, pero en mis manos se sintió frío, como un presagio.

Y dijo:

—Agar… es necesario que te marches del campamento. Tú y tu hijo. No pueden quedarse más aquí.

Sentí que el mundo se me movía bajo los pies. No lloré. No grité. No hablé.

Solo escuché.

Abraham respiró hondo. Y añadió:

—Dios estará con ustedes. Esto… esto ha sido aprobado por Él.

Sus palabras eran un filo doble: herían, pero también sostenían.

Esas palabras me atravesaron el alma.

Aprobado por Dios.

El mismo Dios que me encontró en el desierto. El mismo Dios que me llamó por mi nombre. El mismo Dios que me prometió a Ismael. El mismo Dios que me vio llorar junto al pozo.

Ese Dios… había aprobado que yo fuera expulsada.

Una mezcla de emociones me golpeó al mismo tiempo:

Sorpresa. Dolor. Confusión. Rabia. Temor. Y, en lo más profundo, una chispa de fe que no sabía si abrazar o rechazar.

Tomé el odre con manos temblorosas. Miré a Ismael. Él no entendía. No todavía. Pero sus ojos buscaban los míos, como cuando era niño y tenía miedo de la oscuridad.

Yo quería decirle que todo estaría bien. Quería decirle que Dios nos vería otra vez. Quería decirle que la promesa seguía viva.

Pero no pude.

No esa mañana.

Abraham bajó la mirada. No por verguenza. Por dolor.

Y yo… yo me quedé allí, con el odre en las manos, con mi hijo a mi lado, con el corazón hecho pedazos, preguntándome cómo podía ser que el mismo Dios que me había salvado ahora me enviara de vuelta al desierto.

Y mientras el sol subía, mientras el campamento despertaba, mientras la vida seguía como si nada, yo supe que mi seguridad, mi hogar, mi destino, mi historia... estaban a punto de romperse otra vez.

EL GRITO DEL DESIERTO

El desierto tiene un peso. El aire olía a polvo caliente y a distancia, como si cada soplo anunciara que no habría regreso fácil.

No es solo arena. No es solo sol. Es un peso que cae sobre los hombros, sobre el pecho, sobre el alma.

Y ese día, cuando Abraham nos envió lejos, sentí ese peso desde el primer paso.

Caminábamos sin rumbo. No había un destino. No había un plan. Solo un odre de agua, un pedazo de pan, y un hijo que ya no era niño, pero tampoco era hombre.

Ismael caminaba en silencio. Su rostro estaba endurecido, pero no por enojo. Por preguntas. Por heridas. Por la confusión de una juventud que no entiende por qué el mundo se derrumba sin aviso.

Yo lo miraba de reojo. Veía cómo su respiración se hacía más pesada. Cómo su paso se volvía más lento. Cómo su mirada se perdía en el horizonte como si buscara respuestas que yo no podía darle.

El sol caía sin misericordia. Cada hora era más larga que la anterior. Cada paso era más difícil. Cada sorbo de agua era más pequeño.

Y dentro de mí, algo comenzaba a romperse.

Otra expulsión. Otra huida. Otra vez el desierto. Otra vez la incertidumbre. Otra vez la sensación de ser desechada, de ser la mujer que sobra, la mujer que estorba, la mujer que se abandona.

Los viejos sentimientos regresaron como sombras que nunca se fueron:

Vulnerabilidad. Desprecio. Soledad. Miedo.

Y con cada paso, con cada gota de sudor, con cada sorbo de agua que se evaporaba en la boca, esas sombras crecían.

Hasta que llegó el momento que yo temía.

El agua se acabó.

No quedaba ni una gota. Ni una esperanza. Ni una fuerza.

Ismael se detuvo. Su respiración era un jadeo. Cada exhalación sonaba como un lamento que intentaba no convertirse en llanto.

Su piel ardía. Sus labios estaban secos. Sus ojos… sus ojos tenían un brillo que me desgarró:

el brillo del abandono.

No porque yo quisiera abandonarlo. Sino porque el desierto nos estaba arrancando la vida.

Lo tomé del brazo. Lo llevé hasta un arbusto seco, el único que podía ofrecer un poco de sombra. El arbusto, seco y pequeño, parecía una sombra insuficiente para un destino tan grande.

Lo acomodé allí, como una madre que acomoda a un niño enfermo, aunque él ya era casi un hombre.

Y entonces ocurrió algo que nunca pensé que ocurriría:

Yo no pude más.

No pude verlo morir. No pude ver cómo la vida se le escapaba. No pude ver cómo el hijo que me fue prometido se apagaba frente a mis ojos.

Me alejé. No mucho. Solo lo suficiente para no verlo. Solo lo suficiente para no escuchar su último aliento.

Cada paso era un desgarro, como si mis pies se arrancaran de la tierra que sostenía a mi hijo.

Y mientras me alejaba, sentí algo que me desgarró más que el sol, más que la sed, más que el desierto:

Ismael sintió que yo lo abandonaba.

Lo vi en su mirada. Lo escuché en su respiración. Lo percibí en su silencio.

Primero su padre. Ahora su madre.

El muchacho que siempre había sido fuerte, que siempre había sido valiente, que siempre había sido orgulloso…

se quebró.

Y en ese quiebre, en ese dolor, en esa soledad absoluta,

recordó.

Recordó lo que yo le había contado del Mensajero. Recordó la promesa. Recordó al Dios que me vio. Recordó al Dios que lo nombró antes de nacer.

Y entonces, por primera vez en su vida, Ismael hizo lo que yo había hecho diecisiete años atrás:

clamó.

No un susurro. No una oración tímida. No un pensamiento.

Un grito.

Un grito lleno de dolor. Un grito lleno de miedo. Un grito lleno de abandono. Un grito lleno de vida.

Ese grito parecía romper el cielo en dos, como si el desierto entero se hubiera convertido en un altar.

Ese grito que atravesó el desierto como una flecha encendida.

Ese grito que no era para mí. Ni para Abraham. Ni para Sara.

Era para Él.

Para el Dios que ve. Para el Dios que escucha. Para el Dios que promete. Para el Dios que salva.

Y mientras su voz se elevaba, quebrada, fuerte, desesperada,

yo supe que ese grito no se perdería en el viento.

LA VOZ QUE ROMPE EL CIELO

El grito de Ismael todavía vibraba en el aire cuando el desierto se quedó en silencio. Un silencio tan profundo que parecía que el mundo entero estaba conteniendo la respiración.

Yo estaba de rodillas, con el rostro entre las manos, llorando en silencio, convencida de que mi historia había terminado allí, bajo ese sol implacable, entre esas arenas que tantas veces me habían visto caer.

Y entonces ocurrió.

Una voz.

No un susurro. No un viento. No un pensamiento.

Una voz.

No descendió: cayó, como lluvia que no pide permiso para tocar la tierra.

Fuerte. Potente. Viva. Como si el cielo se hubiera abierto y la eternidad hubiera decidido hablar.

Y dijo:

"¿Qué tienes, Agar?"

Mi nombre. Otra vez mi nombre. Pronunciado no por un hombre, no por un mensajero, no por un sueño…

sino por el cielo mismo.

Me giré de inmediato. Busqué con desesperación. Miré a mi alrededor, esperando ver al Mensajero, aquel hombre que me encontró junto al pozo diecisiete años atrás.

Pero no había nadie.

La voz no venía de la tierra. No venía del horizonte. No venía de un hombre.

Venía de arriba.

Y eso me estremeció más que el sol, más que la sed, más que el miedo.

Era como si Dios mismo me estuviera hablando.

Yo quería responder. Quería decirle que estaba rota. Que estaba cansada. Que estaba confundida. Que había dejado de creer. Que había pensado que mi destino caótico era más fuerte que Su promesa.

Pero antes de que pudiera abrir la boca, la voz continuó:

"No temas."

Esas dos palabras me atravesaron como agua fresca. Esas palabras entraron en mí como agua fría en un cuerpo febril.

"No temas."

No era un regaño. No era un juicio. Era… un padre.

Un padre que ve a su hija temblar y le dice: "Estoy aquí."

Y luego añadió:

"Porque Dios ha oído la voz del muchacho donde está."

Cuando escuché eso, algo dentro de mí se quebró y se reconstruyó al mismo tiempo.

No solo me veía a mí. No solo me escuchaba a mí.

Había escuchado a mi hijo.

Mi hijo. El muchacho que yo creía perdido. El muchacho que yo había dejado bajo un arbusto. El muchacho que había gritado como quien llama a un padre.

Dios lo había escuchado.

Y antes de que pudiera llorar, o agradecer, o caer al suelo,

la voz habló otra vez:

"Levántate. Alza al muchacho con tu mano, porque Yo haré de él una gran nación."

No era una sugerencia. No era un consuelo. Era una orden.

Una orden que me devolvía la vida. Una orden que me recordaba mi propósito. Una orden que me decía:

"Sé madre. Sé fuerte. Sé guía. Sé soporte. Tu hijo no está destinado a morir. Está destinado a reinar."

Y en un instante, entendí algo que nunca había entendido del todo:

No se trataba solo de cargarlo. Se trataba de formarlo. De enseñarle. De fortalecerlo. De prepararlo para ser líder. Para ser príncipe. Para ser Rey. Para ser una nación.

Y entonces, como si el cielo quisiera sellar sus palabras, levanté la mirada…

y vi agua.

El brillo del agua era tan intenso que parecía un ojo abierto en medio del desierto.

Una fuente. Un pozo. El mismo tipo de pozo donde el Mensajero me había encontrado años atrás.

No sé si siempre estuvo allí o si apareció en ese momento. No sé si mis ojos estaban ciegos o si Dios lo abrió para mí.

Solo sé que lo vi. Y al verlo, todas mis esperanzas volvieron.

El desierto ya no era tumba. Era camino. Era promesa. Era destino.

Y entendí algo más:

La historia de la mujer despreciada había terminado.

La historia escrita por Dios era la que prevalecería.

Me levanté. Me limpié el rostro. Respiré hondo. Y caminé hacia mi hijo con una determinación que nunca antes había sentido.

Porque ya no era la Agar rota. Ni la Agar expulsada. Ni la Agar abandonada.

Era la Agar llamada por Dios. La Agar fortalecida por Su voz. La Agar destinada a criar a un príncipe, a criar un Rey.

Y mientras caminaba hacia él, entendí que el desierto no era mi final: era mi coronación silenciosa y supe que nada ni nadie volvería a cambiar el propósito que Dios había declarado sobre nuestras vidas.

Capítulo 12

"EL PASEO ETERNO"

La Despedida hacia la Eternidad

Había terminado de reparar la grieta del pozo. Mis manos, ya viejas, se movían con la misma delicadeza con la que una madre acomoda a su hijo dormido. Ese pozo había sido mi compañero, mi testigo, mi altar, mi memoria.

Me senté junto a él, como lo hacía desde hacía años, y apoyé la palma sobre la piedra tibia.

La piedra guardaba un calor antiguo, como si aún conservara la memoria de todas mis lágrimas.

—Esa es toda la historia, querido amigo —le dije—. Todo lo que viví… todo lo que lloré… todo lo que aprendí…

El viento sopló suave, como si el desierto mismo escuchara.

Y entonces lo sentí.

Una sombra. No una nube. No un árbol. Una presencia.

Una sombra que no oscurecía, sino que protegía. Una sombra que no enfriaba, sino que abrazaba. Una sombra que traía paz.

El aire alrededor se volvió más denso, como si la presencia misma respirara conmigo.

Cerré los ojos. No por miedo. Por deseo. Porque cuando uno quiere sentir a Dios, a veces es mejor apagar la vista para encender el alma.

Y en ese silencio, en esa quietud, en esa luz que no venía del sol,

escuché la voz.

No era sonido: era existencia. Era como si el universo pronunciara mi nombre desde su raíz.

No la del Mensajero. No la del viento. No la de mis recuerdos.

La Voz.

La misma que me llamó en el desierto. La misma que escuchó a mi hijo. La misma que abrió el pozo.

Y dijo:

"Agar."

Mi nombre cayó sobre mí como un manto de luz, suave y pesado al mismo tiempo.

Mi nombre. Otra vez mi nombre. Pronunciado con ternura, con autoridad, con eternidad.

"Todo lo que te dije en el pasado se ha cumplido. Y todo lo que falta se cumplirá. Porque Yo no soy hombre para mentir."

Mis ojos se llenaron de lágrimas. No de tristeza. De reconocimiento. De amor. De certeza.

Era como si cada promesa que había guardado en silencio se encendiera dentro de mí.

La Voz continuó:

"Ha llegado la hora de que camines conmigo a un lugar que he preparado para ti."

EL PASEO ETERNO

Mi corazón se abrió como una flor bajo la lluvia. Alegría. Paz. Reposo. Un descanso que no conocía desde hacía décadas.

Abrí los ojos.

Y allí estaba.

El Mensajero.

El mismo. Exactamente el mismo.

Su presencia no envejecía: era el mismo brillo que había visto cuando aún era joven y fugitiva.

Bello. Resplandeciente. Inmutable. Como si el tiempo no pudiera tocarlo. Como si la eternidad lo envolviera.

Sonreía. Esa sonrisa que conocía mis heridas y mis victorias. Esa sonrisa que había visto a la joven esclava y ahora veía a la anciana matriarca.

Extendió su mano.

Yo no dudé. Nunca dudé de él. Nunca dudé de esa mano.

La tomé.

Su tacto era cálido, pero no como fuego: como amanecer.

Y al tocarla, sentí cómo mi cuerpo, mi alma, mi historia, mi existencia entera se unía a esa luz.

Era como si mi historia se recogiera en un solo latido, perfecto y completo.

No era muerte. Era regreso. Era hogar. Era cumplimiento.

Suspiré. Un suspiro lleno de paz. Un suspiro que cerraba un ciclo. Un suspiro que entregaba todo.

EL PASEO ETERNO

Y juntos, el Mensajero y yo, caminamos hacia el horizonte del desierto.

Mis pasos no dolían. Mi espalda no pesaba. Mi corazón no temblaba.

Caminé con él como quien camina con un viejo amigo. Como quien vuelve a casa. Como quien ya no pertenece a la tierra.

El desierto frente a nosotros parecía abrirse, no como camino, sino como puerta.

Y seguimos caminando hasta que no se nos vio más. Y en ese último paso, supe que la mujer que un día huyó… ahora entraba en la eternidad acompañada.

Capítulo 13

"EL OTRO ENCUENTRO"

El Retorno desde el Cairo a New York

Eliana terminó de leer el último trazo del pergamino.

El pergamino crujió suavemente entre sus dedos, como si también él exhalara después de contar su historia.

Sus dedos temblaban. Su respiración era corta. El sol del desierto comenzaba a bajar, pintando la arena con tonos de cobre y fuego.

Cerró los ojos un instante, como quien necesita absorber lo que acaba de vivir. Y cuando los abrió…

algo había cambiado.

El aire se volvió más denso. Más vivo. Más sagrado.

Una luz apareció sobre ella. No era un rayo. No era un reflejo. Era una luz que tenía peso, que tenía presencia, que tenía voz.

El aire vibró alrededor de ella, como si la arena misma reconociera a quien estaba descendiendo.

Y esa voz la llamó por su nombre:

"Eliana."

Su nombre cayó sobre ella como un abrazo que había esperado toda su vida.

Ella se quedó inmóvil. El corazón le golpeaba el pecho. Las lágrimas comenzaron a brotar sin permiso.

La voz continuó:

“Yo soy Jesús. Yo soy el Mensajero de Dios. El mismo que habló con Agar. El mismo que la acompañó en el desierto. El mismo que inspiró al autor del libro la montaña. Y el mismo que te inspiró a venir hasta aquí.”

Su voz tenía un tono que no se puede describir: era como si cada palabra llevara dentro un amanecer.

Eliana cayó de rodillas. No por miedo. Por reconocimiento. Por amor. Por la certeza de que esa voz había estado buscándola desde hacía años.

Las lágrimas corrían por su rostro, pero no eran lágrimas de tristeza. Eran lágrimas que limpiaban. Que sanaban. Que liberaban.

Cada lágrima se llevaba un recuerdo doloroso. Cada lágrima arrancaba una herida vieja. Cada lágrima deshacía un peso que había cargado por demasiado tiempo.

La voz habló otra vez:

“Yo conozco todo lo que has sufrido. Sé de lo que huyes. Sé lo que te duele. Pero he venido hacia ti para fortalecerte. Para darte ánimo. No temas. No estás sola. Yo siempre estaré contigo.”

Esas palabras tocaron lugares dentro de ella que ni siquiera sabía que seguían abiertos.

Eliana apretó el pergamino contra su pecho. Sentía que algo dentro de ella se reconstruía. Como si su alma estuviera siendo ensamblada de nuevo, pieza por pieza, con manos divinas.

La voz siguió:

“Cuando te sientas despreciada, háblame, porque te abrazaré. Cuando te sientas desvalorada, háblame, porque te recordaré lo valiosa que eres para mí.”

Eliana sollozó. Pero esta vez no era dolor. Era nacimiento.

Y entonces la voz dijo algo que la dejó sin aliento:

"Eliana... tú llevas vida dentro de ti. Y ese hijo tendrá un propósito grande. Cuídalo. Edúcalo. Formarlo como quien forma a un líder. Enséñale mis caminos. Háblale de mí. Porque será de bendición para muchos."

Eliana llevó las manos a su vientre.

Sus dedos temblaron al sentir un calor que no venía de su cuerpo, sino de una promesa.

Sintió un calor suave. Un pulso. Una certeza.

Y en ese instante, entendió a Agar. Entendió su historia. Entendió su dolor. Entendió su promesa.

La luz comenzó a disiparse, como si el cielo cerrara lentamente una puerta. El aire quedó perfumado con un aroma leve, como si la presencia hubiera dejado una huella invisible.

El desierto volvió a su silencio. El atardecer la envolvió con su sombra.

Y entonces escuchó voces humanas:

—¡Señorita! ¡Señorita! ¡El bus está listo!

Era el chofer. El motor ya estaba encendido. El viaje hacia el Sinaí continuaría.

Eliana guardó silencio. Miró el pergamino. Lo acarició una última vez. Y lo enterró de nuevo en la arena, en el mismo lugar donde lo había encontrado. Y la arena cayó sobre él como un sello, como si el desierto lo reclamara de vuelta a su memoria eterna.

No era suyo. Era de la historia. Era del desierto. Era de Agar.

EL OTRO ENCUENTRO

Semanas después, de regreso en Nueva York, Eliana ya no era la misma mujer que había huido. No era la mujer rota. No era la mujer que se escondía. Era una mujer marcada por una promesa. Una mujer que caminaba con propósito. Una mujer que llevaba un secreto sagrado en el vientre y en el alma.

La ciudad la recibió con su ruido habitual, pero dentro de ella había un silencio nuevo, un silencio lleno de propósito.

Y una tarde, mientras servía mesas, lo vio.

El tintinear de los cubiertos se apagó en su mente; solo existía él, como si el tiempo hubiera decidido detenerse.

El hombre del libro.

El hombre elegante.

El hombre que había puesto en sus manos La Montaña sin explicación alguna.

Él la miró. Sonrió. Y dijo:

—Siéntate. Cuéntame lo que viviste. Porque tengo que escribirlo.

Eliana se sentó. Respiró hondo. Y comenzó a hablar.

Y ese hombre…

escribió su historia….

y ese hombre…

…soy yo, y escribí lo que acabas de leer… Porque algunas historias no se leen: se reciben y transciende el tiempo, el espacio y la materia. Y esta… esta era la suya.

Una Herida Escondida no Podrá Ser Sanada…

La Exposición de la Herida es Necesaria para Curarla por Completo…

Aunque Duela al Principio, Sus Beneficios serán Disfrutados al Final…

¡¡¡NO ESCONDAS MAS TUS HERIDAS!!!

…RECIBE LA SANIDAD DE TU ALMA

www.ingramcontent.com/pod-product-compliance
Lightning Source LLC
LaVergne TN
LVHW010702110826
845149LV00014B/3190

* 9 7 9 8 9 9 3 7 5 6 8 8 2 *